U0152305

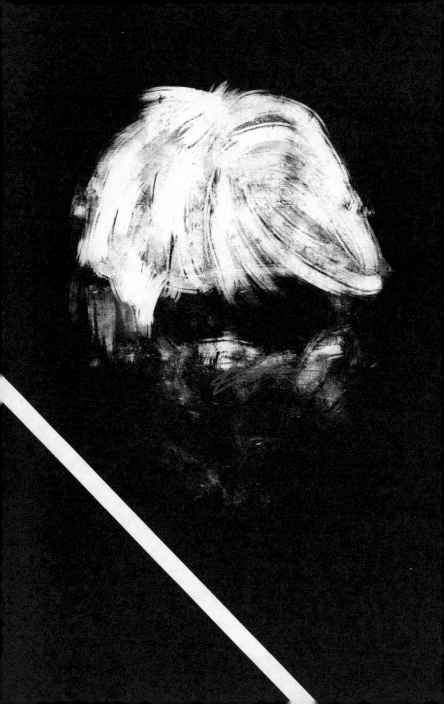

All Day Breakfast

全日供應

If you don't imagine, nothing ever happens at all.

a quotation from John Green, *Paper Town*

香港就是All Day Breakfast：無論你要什麼，我全日供應。

目錄

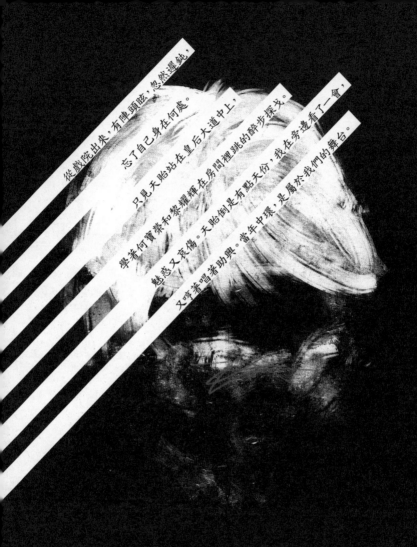

從戲院出來，有博頭眩，忽然遲鈍，

忘了自己身在何處。

只見天貽站在皇后大道中上，

舉着何寶榮和黎耀輝在房間裡跳的辭步探戈，

魅惑又哀傷。天貽倒是有點天份，我在旁邊看了一會，

又哼着唱着助興。當年中環，是屬於我們的舞台。

麥欣恩

皇后，皇后

2007年，當我再次返回香港，這個世界已經改變。皇后碼頭將要拆卸，皇后戲院亦快將拆掉。

五月三日，下午五時，我打從中環地鐵站出來的一刻，心跳加速，額頭直冒冷汗。其實我早知道她是不會赴約的，而且，那已經是十年前許下的約。誰會記得自己在十八歲時，有心無心說過的一句話？五點的陽光正好，不燥不熱，我跟著下班的洶湧人潮，在戲院里出口外，蟲蛹般蠕動。當下心裏黯然。曾幾何時，許天貽跟我立誓拒絕庸碌人生。寧可短命，也不要mediocre。十年過去，幾多驚濤駭浪都翻渡過去，復平靜了，人生本來就是平庸無奇、庸碌無華的。當我赫然發現這道理，我的青春已經跟隨我所愛的城市，離我而去。

拒絕平庸，我們都是女皇。

那句話是許天貽跟對我說的。許天貽聰明剔透，高佻綽約，行動俐落。擁有狐一樣的鳳眼，俏麗而倨傲。四肢矯健，入水能游，出水能跳。那是1997年，A-Level高考剛過，

整個夏季都在下雨，好奄悶。成天成晚的下，連綿無間斷。
這不是夏季，而是雨季。我說。難得有天出太陽，天空透著
微揚的藍，我們興致甚高，恍如從不見天日的深井中泅游
上來，重遇人間世。那日我跟許天貽在天星小輪上，來回中
環和尖沙咀，坐了十多遍。坐到第六遍，水手也不再收我們
船費了，那是我人生的唯一一次。在船上，天貽看著港島參
差的天際線，告訴我天星小輪的創始人是一位波斯來的拜
火教教徒。我蹙著眉，半帶懷疑問：「拜火教？跟《倚天屠
龍記》裏面的拜火教是同一個宗派嗎？」天貽瞪著我說：
「蔡菲嵐，你又想虧我？你不信的，自己去查一下。」天貽
最喜歡喊我的全名，其他相熟朋友都叫我菲菲或嵐嵐的，
賣親切，我一直貶她說喊人全名沒禮貌。我們從船頭追逐
到船尾，就在船頭的第一排座位上，許天貽跟我講加拉巴
哥群島的故事。

在南美洲以西1000公里的太平洋上，有組群島，稱為加
拉巴哥，是由海底噴發的熔岩凝固而成的。加拉巴哥群島，
與世隔絕。因為它多樣性的氣候和特殊的自然環境，適合
不同習性的動植物同時繁衍。島上奇花異草，珍禽異獸，
也有現存其他地區不能見到的多種動物，還有全世界最
大的海龜。據說生物學家達爾文曾到這島考察，促使他往
後提出《生物進化論》。在1930年代，德國有一對夫婦，都
是哲學家，因為不滿希特拉的獨裁政權，加上厭惡文明社
會，又不認同社會體制，決定離開德國，搬到加拉巴哥的一

個島嶼生活。男耕女織，自食其力。後來，他們的故事傳回歐洲，吸引了兩個家庭仿傚，移居到加拉巴哥去尋找伊甸園。天貽說，她在想，假如將來她要離開香港，究竟有沒有一個伊甸園可以搬去的？我仔細看她，說：「陶淵明的桃花源。」然後，天貽和我都忍不住傾囊大笑。

我早就知道，古今中外，人類的一個共同目標都是關於桃花源，又或叫做伊甸園和烏托邦的。

那天在中環下船後，天貽跟我漫步踏到皇后碼頭，隔著太陽灑下的光塵眺望九龍半島。她帶著隨身聽，低著頭，看海，把一條腿伸出欄杆，懸在半空踢了兩下，又伸回來。陽光熱燄燄地曬在她新染的頭髮上，顯出咖啡般粉金色的光澤，好看。

「當我在港島這邊，便想身處對岸。到我過去尖沙咀，又想回來。你看我是把持不定還是有精神病？」我突然感觸，因為當下，我很想離開香港。

「蔡菲嵐，你是不容易滿足的人。」天貽轉過頭來，定睛看我。

我訝異，她竟然把我看得這麼透徹。

「我們都是同類人。」我笑著回答。

那時候，我讀到某位作家寫道，這個世界只有兩種人：一種人是她（作者的愛人），另一種人不是她。這麼簡單的

一句話，竟然打動了我。當時我並未有愛人，順著那位作家的思路，卻想，在我的世界裏有兩種人，一種人是蔡菲嵐和許天貽，另一種人是所有的其他人。

天貽把隨身聽的其中一顆耳塞，安置在我的左邊耳裏，林憶蓮纏綿感性的歌聲流淌半邊腦海，那是《野花》。

「很哀怨。有種東方女人的感性。」我說。

「我一向不太喜歡林憶蓮的歌，不過，我不得不承認，幾年前發行的《野花》專輯，有點實驗性，很有靈魂，只是銷量未如理想，可惜。」天貽說。

「是有一點曲高和寡的，市場的焦點都集中在四大天王身上，好的歌有時得不到合理的回報。」

「不像王菲那樣幸運，翻唱Tori Amos *Silent All These Years*的《冷戰》，可以獲得那麼多掌聲。」

「王菲是突出的。起碼她的歌有種強烈的探索性，唱功好。」

「最近張學友的《雪狼湖》，仿傚百老匯音樂劇的故事編排和佈景，探索流行音樂的潛力，用管弦樂團伴奏，以古典音樂的角度來編流行曲。我認為，這是香港流行樂壇的一個新嘗試。」

「四大天王之中，也只有張學友才會有這個膽量，走出流行曲的框框。」

離開皇后碼頭，我們邊走邊聊，直至抵達皇后大道中的皇后戲院。早就說好了要在上映的頭一天去看王家衛的《春光乍洩》。那是1997年5月30日，午後三點。皇后戲院雖然坐落中心地段，卻是老派的影院，平日下午人不多，把我和天貽計算在內，全院只有五位觀眾。走入戲院後，我們的興頭忽然高漲，當成是私人包場，一口氣跑到上層坐。樓梯非常古舊，跑上去時木頭吱吱響，卻有時光倒流的錯覺。戲院有寬大的真皮座椅，天貽和我都屬纖瘦，坐了下去還有半張椅子空了出來。椅下還有幾個輪，可以隨意轉動。我和天貽在椅子上瘋狂旋轉，輪子唧唧叫，我們也就神經質地咔咔大笑。

電影以一段黑白攝影的往事開始，隨後呈現出淡黃慘綠、鬱鬱蔥蔥的小房間，那就是何寶榮和黎耀輝在布宜諾斯艾利斯的住處。一段糾纏於失落與牽掛、若有若無的關係，一對在復合與分離之間徘徊多次的戀人，迷失在阿根廷的狹小房子裏。床頭攔著一盞亮綠的瀑布燈，是照明願望的唯一星辰。他們在公共廚房裏相擁，踏著探戈舞步，溫柔又憂傷。我不再「觀看」電影故事，而是投入當下，讓強烈的拉丁切分節奏，從哀怨的提琴和手風琴瀉進我的神經，那是撕裂，是苦澀，是殘酷。我無力抵抗這股璀璨的哀愁。電影的尾段，黎耀輝獨自去尋找那條本該屬於他與何寶榮的伊瓜蘇大瀑布，他孤獨凋零的身影立於煙霧飛揚、萬里奔騰的瀑布下，一股破滅的情緒在我體內擴張，無法

再抑壓眼淚。就在那一條無始無終的瀑布面前,我聽到許天貽在啜泣,轉過頭去看她,頃刻四目相投。我永遠也無法忘記那雙被燒灼了眼睛。電影院的燈光雖然幽暗,天貽如碎玻璃的目光反射出金屬的熱度,直刺內心。

從戲院出來,有陣頭眩,忽然遲鈍,忘了自己身在何處。只見天貽站在皇后大道中上,學著何寶榮和黎耀輝在房間裏跳的醉步探戈。魅惑又哀傷。天貽倒是有點天份,我在旁邊看了一會,又哼著唱著助興。當年中環,是屬於我們的舞台。

「蔡菲嵐,十年之後,我們相約在皇后戲院見面吧!」許天貽說話時像醉了一樣,難以分辨那是真心還是假意。

「為甚麼?」我問得有點傻。

「不為甚麼,只想考驗大家的緣份。」

「你是說,2007年5月30日我們在這裏見面嗎?幾點?」我倒也應得爽快。

「不!」天貽想了一下,又說:「我們在2007年5月3日,下午5時在皇后戲院門外見面吧。」

「今天是5月30日喔?」

「我知道,不過,我要測試一下大家的記憶。」

「隨你吧。一言為定!」

「不見不散!」

　　我舉頭看皇后戲院的紅綠色招牌，招牌上空的白雲呈飛躍狀，如白鷹在藍天傲翔。

　　「十年後，你猜你會做甚麼？」我問。

　　「我不知道，也許⋯⋯會在做電影音樂！」

　　天貽的眼睛閃著靈光，通明如水晶球引領我幻想將來。那是一片極光極亮無邊無盡的白晝。極樂之巔。晴空無垠。

　　年輕多好。

　　多麼驕傲，多麼自恃。

　　如今，我在同一個中環默然走著，無法驅走妥協於現實之後帶來的哀感。現代浮華擠壓出陡然的失落。寂寞潦闊的黃昏。皇后大道中的名店櫥窗顯得裝腔作勢，如此賣弄浮誇、矯揉造作。這城市究竟在向誰拋眉眼？中環也有令我感到陌生的時候。

　　我以為自己不該屬於這裏。

　　踱步中環，我迷思過去，腳步越加放慢。我和天貽曾經沉迷於小津安二郎的電影。固定的景框，出現了陳舊的陸海通大廈入口，鏡頭慢慢向上移，看見一個懸著的大招牌，上方是紅色配綠色的后冠標誌，下面則垂直掛著紅色大字「皇后」和綠色大楷英文字QUEEN'S。從前是鮮紅配碧綠，如今紅綠兩種相沖的顏色都變黯淡，在城市的塵俗中反而顯得調和。我站在大招牌下等了二十分鐘，腿有點麻。

我直覺自己像個鋪了灰塵的老古董被遺路旁，無人問津。正欲離去，卻聽到隨後有人喊「嵐嵐」，轉個頭去，竟被一雙細暖的手捂住眼瞼，幾位女生如風如浪的笑聲在耳邊縈迴，空氣溢散出濃冽的香水芬芳。我不消一刻喊出她們的全名：陳美怡，王嘉汶，白芷韻。那雙手徐徐放開了，幾個熟悉的臉蛋呈現眼前。

「你怎麼知道是我們？」十三點的美怡笑著問。她的笑聲亮如一盤散落的珍珠，眼神依然閃著稚子的童真。

「一定是我們的聲音出賣了身份！」芷韻從前已是美人，如今是金融界女強人，更有種成熟的嫵媚風韻。

「除了美怡，還會有誰喜歡這種『小學雞』玩意？」我挖苦地說。

總是掛著笑容的「大家姐」嘉汶走來，仍然保持一貫的淑女秀氣，現在是一名社工的她，一手挽著我的臂問：

「看見我們，是否很意外？」

「你們怎麼知道我會在這裏的？是天貽告訴你們的嗎？她人在哪？」我內心燃起一線曙光。

「我們這幾年都聯絡不上她，也不知道她現在身處何方。」嘉汶把最後一個字的尾音拖長，聽來份外唏噓。

「是嗎？到現在還找不到她？」我似在發問，卻又似在自言自語。

我們四人佇足鬧市中心，一時語塞，腳步遲滯下來，瞬間變成了浮急中環人的障礙物。

「嵐嵐，你還記得嗎，半年前你在電郵跟我説過你跟天貽這個十年之約，當時候，我便跟她們幾個聯絡，準備今天出來給你一個驚喜！」嘉汶改變氣氛，拉著我，繼續走。

「看見你們，我真高興！其實我早預料到天貽是不會來的，本來以為要一個人離開了。」我補上一個笑容。

舉頭望天，天色荒荒。笑容跌落肚裏，是一種蒼茫的酸味。

嘉汶繼續挽著我的臂，一行四人，在中環轉接走著。順著中環行人電梯，穿過士丹利街和威靈頓街，走進結志街的蘭芳園。蘭芳園曾經以大牌檔經營，是一間老牌茶餐廳，首創「鴛鴦」和俗稱「絲襪奶茶」的港式飲料。如今，蘭芳園已經成為這社區的景點，富地道特色的市井風味吸引不少中外遊客。茶餐廳內十分擠擁，好難得才看到一張大飯桌前面的有三個座位，美怡在旁邊找來一張摺椅，挪動至大飯桌前，我們四人便跟另外三位食客拼桌而坐。雖然擠迫，卻沒有減低敘舊的興致。一時間，蔥油雞排撈丁麵、蕃茄薯仔湯通粉、絲襪奶茶，全都端上來。熱氣騰騰，眼前朦朧，烘暖了我的心。我們四人並排而坐，邊談邊嚼，此情此景，乍然變得如何熟悉。

「還記得中六那年的singing contest嗎？」美怡問。

「我們每星期都會去嘉汶擺花街的家裏練習，練習前，總會來這裏吃點甚麼。」芷韻仔細地把嘴裏的通粉嚼完，又嫵媚地抿一抿嘴。

「是的，所以在這裏吃完了，一定要上來我的家喔！」嘉汶笑著說。

大家同聲讚好。

「一時忘了，當年我們唱的那首歌⋯⋯」芷韻若有所思道。

「*You've Got A Friend*！原唱是Carole King。」我不加思索地說。

「那一年，我們還贏了合唱組的亞軍！」嘉汶說。

「要不是李sir那麼沒有水平，我們準能拿到冠軍的！」說到李sir，芷韻禁不住露出不屑的神氣。

「還不是吧！冠軍組唱那首《明天我要嫁給你》，怎麼及得上我們？李sir就只懂流行曲！」美怡和應著。

「我看李sir是要報復天貽吧，所以無論如何也不會讓我們拿冠軍的。」嘉汶說。

「這個也是。就算天貽擁有全校最好的聲音，我們也不會拿到冠軍的。」我說不下去，心裏生出一道裂縫，一絲絲隱隱的痛楚浮游而出。

中六那年，天貽、芷韻、嘉汶、美怡和我五人，組隊參加學校每年在十二月初舉辦的音樂比賽。我負責彈鋼琴，天貽彈結他和主唱，芷韻和美怡和唱，嘉汶拉小提琴。在確定曲目之前，我和天貽曾經討論過是否應該選 Joni Mitchell 的歌。不過，Mitchell是天貽的至愛，天貽反而不願意唱她的歌。最後，天貽決定投我所好，選Carole King。我還記得每天在家裏練鋼琴，聽Carole King的*Tapestry*專輯，模仿著她鋼琴的搖滾式弱拍節奏和強勁低音。天貽每逢午飯時間，都到音樂室來跟我練習。那是最後一年參與學校活動了，升上中七，大家將會忙於準備A-Level考試。所有中學學生會的核心人物，都由中六同學擔崗，以中四的優秀分子為輔助。一開學，我們都忙於籌備學會活動，我混得了中文學會會長、校社秘書、音樂學會秘書、戲劇學會幹事四個職銜。中六頭一個月，每天跟同學在午飯時間開會，放學後續會至起碼下午六時，我幾乎以為自己的正職是組織學會活動。那時候，天貽和芷韻卻有點齟齬。其中一個原因，跟李sir有關。

芷韻是有點野心的，成績好，家境好，父母疼她，而且生得漂亮，一向都是老師們的寵兒。芷韻有點媚術，假如那不屬於冶蕩，對於男老師來說，十分湊效。入讀母校的第一年，芷韻已經立志要當總領袖生，亦即我們口中的Head Girl。對很多人來說，那是一位中學生所能得到的最高榮譽。從中四開始，芷韻已經積極部署，攏絡在學校獨攬大

權的副校長李sir。我們看在眼內，不發一言，只謂人各有志。升上中六，芷韻終能如願以償，可是，教音樂的李sir竟然委任向來有點不能受控的天貽當副總領袖生。聽到這消息，我們莫不詫異。天貽卻跟李sir說，她已經擔任音樂學會主席和風帆學會副主席二公職，公務繁重，不能接受委任。天貽這副滿不在乎的態度，對於處心積慮要當總領袖生的芷韻來說，幾乎是種侮辱。最後，李sir驚動了五十多歲、養尊處優、不理俗務的校長巴倫太太，經過兩個星期的磋商和周旋，終於和天貽達成協議：條件是天貽不要做執法者，她不願意每天去查同學的校服。除了芷韻，我們四人都認為條件尚可。不過，芷韻便因查校服的事，跟天貽時有爭執——雖然天貽已經把她稍微短於膝蓋的校裙改長了。

有一次，早晨集會的時候，一位較為低年級的學生領袖走到我面前，說我違反校規。一般來說，學校規定校裙必須及膝，頭飾只准佩戴紅、寶藍、黑三種顏色，白襪配黑皮鞋，不准塗指甲和化妝。那一天，我戴了一個深紅色的粗布條髮箍，十分惹眼，七十年代懷舊風，都是迷上Carole King之故。那位領袖生帶著仇視的眼光瞪著我的髮箍，道：「你犯了校規。」我跟她爭辯，校規不是說明頭飾可以佩戴紅、寶藍、黑三種顏色嗎，我哪有犯錯？領袖生說：「你的髮箍太誇張，不夠樸素。」我繼續跟她爭論，校規沒有寫明不准戴髮箍，而且我的是深紅色，正符合校規。領袖生凌厲地瞪我一眼，顯然不滿意我挑戰權威。她說：「總之，我說

你犯了校規，你就是犯了校規。」說罷，她橫手伸來，正欲扯掉我頭上的髮箍，此時天貽快步奔至，一手握住她的手腕說：「究竟誰擁有詮釋校規的權力？」領袖生毫不客氣，對天貽說：「假如不是李sir，你根本沒有資格當這個副總領袖生！」她用力掙扎，天貽放手，誰知天貽鬆手的一刻，那位領袖生右腳失去平衡，跌在地上。

喧鬧的操場，靜止於一瞬。眾人怔愣。

天貽二話不說，蹲下去把她扶起。當低年級領袖生和天貽都站起來，李sir和兩位訓導老師已經端立在我們面前，我清楚記得芷韻那副花容失色的臉容。

我被罰在放學後打掃三樓的所有課室。社會服務令。

本來，對於這樣的懲罰，我是毫無感覺的。理由是，我並沒有錯，究竟誰有詮釋校規的權力？假如有人墨守校規，把它當成不能動搖的法則，在我眼中只是非常可笑和愚蠢的事，我不用跟他們一般見識。那天放學後，我依照處罰，拿起掃把，打掃起來。當我清理好三樓第一間課室，從門口步出，離遠便看到走廊盡頭的天貽朝著我一步一步走來。她單手捏著那件隨意搭在肩上的校衣外套，右手執著掃把，順著風向踏來，神情依然倨傲。她腰際的皮帶鬆綁了，小腿的襪頭鬆到腳跟處，領口鈕也解開，一副準備勞動的作戰模樣。走到我跟前，天貽豪爽地笑了一聲，算是打招呼。我問她：「這個模樣，難道不怕老師看到？」她

說:「現在誰也不怕了,我已經辭掉副總領袖生的神聖崗位,留待願意盲從prefect body的人去補我的缺吧。」I don't care,天貽繼續說,甚麼時候,我們可以離開這學校?這些校規實在太愚蠢,簡直禁制人權和自由。我跟她又毫無包袱地開懷大笑。我也不在乎,我說,要處罰便由得他們處罰吧!接著,天貽回過神來,捲起衣袖說,她從黑板開始掃起,嚷著我去課室後頭的壁報開始打掃。她把頭髮束起的一刻,我突然感動起來,鼻子一酸,故意別個臉去靠著壁報,假裝揮動掃把,免得天貽看到我的紅眼睛,笑我太傻。

第二天,學校開始醞釀一種奇怪的氣氛。李sir在早會上重複宣傳一個道理:守校規等如愛學校;為了保護學校八十多年來努力建立的良好聲譽,同學們有時候必須放棄個人的自由。第三天、第四天,除了李sir,其他的老師都在早會上傳達相同訊息,我們懷疑校方有意把死守校規的觀念,強硬灌輸給同學。第二個星期,訓導組突然推出了「愛學校運動」,強迫所有同學參加,由每班的領袖生負責評分。每遇上校服有違校規者,領袖生有權對該同學作出判斷,並扣除該班的分數。全校最高分的班別,將獲頒「愛學校榮譽首獎」,該班每位同學將獲贈名貴運動服禮券。好大的手筆!

一天中午,我跟天貽在音樂室練習,天貽越想越氣,琴音幾度中斷。她說「愛學校運動」分明就是洗腦工程,助大領袖生的權力,叫同學盲從校規的所有條款,包括一些

不合理及不合時宜的規定。天貽仰著臉、皺著眉沉思，終於想出了「彩虹運動」，作為反擊。翌日，天貽跟學校廣播組的同學説好了，讓她在星期三中午的廣播時段，作一場演講，題為「校訓的啟發」。由於演講題目符合學校的主旋律，立即獲批了。到了星期三，深秋的太陽突然暖和起來，早晨的藍天清朗明媚，上學途中，我念記著「彩虹運動」，心裏豁然開朗。中午時份，我在四樓的樓梯口，遠遠看著天貽走進播音室，她瞥見我，胸有成竹地豎起兩隻手指——勝利的標誌。我回以一笑，按原定計劃跟嘉汶和美怡走進不同的課室，派發「彩虹運動」宣傳單張。

播音室內，天貽與廣播組同學都準備好了。試了一次咪高峰，天貽的聲音正式on air，當時我正在4C班派發傳單。

「各位親愛的同學，我是6A班的許天貽，我今天想跟大家分享的題目是『校訓的啟發』。我們的校訓是『自強不息，求是拓新』。意思是堅持努力，不斷進取；追求真理，開拓創新。我認為，求是和拓新，是校訓的精義。今年是1996年，還有四年便邁向千禧，迎接新紀元，我們必須有勇於創新的精神，不能墨守成規、抱殘守缺。我們的校規已經沿用八十多年，今天的社會和文化，跟五四時代大有不同。比如説，今天的最高氣溫是攝氏24度，可是我們每人身上穿著的校服都是過量的，因為校規制定，在秋冬季節，學生一律必須穿著或帶著校衣外套上學。不論是十度還是二十多度，如果同學忘記帶或穿著校衣外套，均不能進入

學校。我們有沒有想過,這樣的校規是否跟得上全球氣候的改變?又比如說,校規一直強調我們要保持『淑女』的形象,學生的頭髮不可以短過耳珠,假如頭髮太短,必須戴假髮回校。請大家想一下,甚麼是『淑女』的形象?判斷一位女性的品格和能力,『淑女』是否唯一標準?為甚麼在踏進21世紀的今天,我們還要被一種所謂『淑女』的標準而約束……」

聽到這裏,4C班同學大聲喝采,未幾,天賜的演講突然中斷。我們聽到陳老師奪回主播權,以反對的觀點駁斥天賜的演說。其實這是意料中事,所以我們特別印製了傳單,呼籲同學在星期五放學後,去皇后碼頭外面的空地集會。如是者,「彩虹運動」在同學的掌聲中,打響了頭炮。

那年頭,大人都講馬照跑、舞照跳、安定繁榮、平穩過渡。可是,在我們的世界裏,朋友和彩虹運動比一切都更重要。

隨後三個星期五,放後學,我們都在皇后碼頭舉行集會,目的是在老師不在場的情況下,自由討論對於校規的看法,建議修改的空間。第一個星期五,來者只有二、三十人。我們把同學分成小組,每人都有機會發表意見,分享經驗。第二個星期,大概得到同學們的口碑,來者有七、八十人。我們搭了一個小型講台,搬來了簡單的擴音儀器,讓同學自由走上講台發表意見,效果良好。開會期間,我們把七彩絲帶送給同學,象徵掙脫不合理的捆鎖,爭取自由。直至天黑下來,七彩橫額貼著維港夜幕,我們才收拾物資,

懷著高昂滿足的心情離開。首兩次「彩虹運動」集會，芷韻都沒有來。究竟是她不想來還是不能來，其實也沒有清晰的界線。那兩個星期，芷韻甚至沒有來參加我們的音樂練習。

到了最後一次集會，同學都已經習慣了我們的模式，氣氛倒像嘉年華，她們自發攜來美食和樂器，結他、口琴、非洲鼓，邊彈邊聊邊吃邊唱。暮時綺麗，夕照醺醉維港，空氣鑲嵌出金邊。傍晚的中環，華燈初上。天星小輪鐘樓背後，是無數玻璃幕牆透出來的金屬光，反射到海面，泛起零碎的銀浪。集會中途，大家情緒高漲，推了許天貽上台唱歌。天貽天生一副好歌喉，音質渾厚。雖然捧著別人的結他，站到台上，沒有半點怯場。她從衣袋取出小三角型結他撥片，低頭在弦上試撥了兩下，便唱起披頭四之一George Harrison寫的 *Here Comes the Sun*。悅耳的歌聲，配合她半搖滾式的結他演奏，聲動梁塵。大家都安靜下來，陶醉在如此良辰。這時，我看到芷韻從人叢中慢慢走近。天貽正唱到：「Sun, sun, sun, here it comes.」當她撥完那個A7和弦，平起頭來，直視已站到台前的芷韻。天貽終止了結他演奏，對咪高峰說：「今天我實在太高興，有甚麼比友情更加可貴？為了歡迎一位剛剛來到的好朋友，我選擇以一種特別的方式⋯⋯」天貽還未說完，便走下台階，把手中的結他塞給芷韻，並向她蠱惑一笑，快步走到碼頭旁邊，脫了鞋襪，攀上欄杆，輕盈地一躍而下。她「噗」的一聲，瞬間墮入海中，濺起一潭白泡。我們驚惶大叫，擁至欄邊。

我緊張至幾乎窒息，透不過氣，心中莫名驚怯。直到看見天貽從海腹冒出頭來，我的脈動始恢復正常。天貽把鹹水吐出後，頭部猛然擺動了一下，向我們道：「不用怕，我在這裏！」接著，她游到皇后碼頭旁邊連接海面的樓梯，渾身全濕，流水汩汩地走上來。我們立即上前摟著她，天貽凝視芷韻那雙變紅了的眼睛，聲音帶點沙啞：「就當我們和了，好嗎？」芷韻把身上穿著的校衣外套即時脫下，激動起來，發力用外套拍打天貽的肩峰，半哭半嚷：「傻瓜，你以為自己是銅皮鐵骨吧？你想把我們嚇死嗎，難道你不怕冷？」天貽按住芷韻的外套，茫然笑了一下：「冷是可以忍受的，不過，海水太髒！」

我一度以為，我們的友情是五十年、甚至是千載不變的。

隨後的星期一，天降大雨，早晨集會取消。可是，有十來個同學自發撐著七彩雨傘，立在操場中央，直至上課鐘響了，仍舊不願離去。好奇的同學都靠攏窗邊，觀看下面的雨傘陣，不一會，各個向著操場的班房站滿了圍觀的同學。我們幾次在皇后碼頭的集會，已經吸引了傳媒的注意。因著媒體的報導，校方不敢貿然對我們採取行動。訓導組派出陳老師來勸解站在操場的同學，同學要求向校長遞交「校規修改建議書」，一番擾攘後，最終由副校長李sir代接，事件才告一段落，「愛學校運動」亦不了了之。雖然校方並沒有對校規作出任何修改，但經過彩虹運動，一切都不再一樣。其中一個改變，就是每逢雨天，都會在學校看

到不同的七彩雨傘。第二個改變，是芷韻再次加入我們的音樂練習。

音樂比賽前的最後一次練習，日頭正好，迤邐放晴。我們計劃先到蘭芳園吃下午茶，再上嘉汶家。那天美怡表現得異常失落，垂頭喪氣。嘉汶在旁低低說話，好言相勸，美怡失神，開腔宣佈：「我跟阿明分手了。」大家立時停止進食，想盡辦法說安撫的話。後來，嘉汶提議這回不要練習了，何不出去散散心？天貽靈機一動，提議上太平山。我們便坐計程車到花園道纜車站，轉乘纜車上山。對於這道亞洲第一條開發的纜索鐵路，我從小就引以為傲。那日天高氣爽，雲淡風清。滿目松綠，遊人稀少。沿途的岩石峭壁長滿翠樹，萬徑蔥籠，背後是碧藍澄明的維港。當纜車爬到最峭拔的一段山路，車廂呈45度傾斜攀升，路旁的林木高樓往後倒，我們走到車廂頂部，立成一排，朝著腳下逐漸遠離的海港，任由陽光穿過窗戶灑落臂彎，高呼狂笑。

從纜車走出來，爐峰塔已經拆掉，凌霄閣還在建，我們沿著盧吉道，在環迴步行徑走了二十分鐘，到達觀景點，棧道旁邊的雜樹枝椏騰空了，維多利亞港兩岸的全景盡收眼底。高樓如模型一樣密林山下，空氣浮著樹木的青澀。午後陽光稍為減弱，初冬天氣，依然和緩，我們迎著天，微暖的溫度烘在頭上，好像上天伸手撫慰。美怡哭過的淚痕已經風乾，我看見嘉汶在美怡耳際輕聲說了些話，美怡垂著眼、身子靠後，隨風，芬芳呼出一口氣：「我才不會為他終

身不嫁!」天貽和我對望一眼，略感寬慰。俯瞰山下繁華的我城，突然對於時間涓然流逝，冒出感傷。我對身旁的天貽說：「我不敢想像，假如將來我的臉需要每天塗妝，塗胭脂塗紅寇丹，那會是如何慘不忍睹的墮落？濃妝艷抹，只會讓我想到俗世的蠱蝕，內心的荒涼。」天貽沒有轉頭來看我，遠眺著維港，我卻瞥見她眼色裏頭露出的平靜喜悅，如湖底藍，精靈似的。她說：「這個我明白，我以為只有自己是這麼想的。」天貽當然不會知道這句話為我帶來的震盪，我一度以為自己是孤獨的，她的話卻讓我初次感受到超自然力量一樣的靈犀互通。那是默契，還是性情相近，無從稽考。我只願沐浴在這不可逆反的時間光河裏。

當年無知的我，固然不知道「妥協」的意義，也誤以為自己有力量逆對潮流。別人皆醉。我單純地以為，有些東西是不會改變的，好像是五十年不變，卻不能理解萬物的本質歷史的軌道源於一個真理：變幻、無常。

從蘭芳園出來，我們按照老規矩上了嘉汶家。她的家沒有多大變化，客廳依舊放著花團錦簇的印度地氈、古雅花梨木地櫃、意大利真皮沙發。室內十分敞亮，兩扇巨型落地玻璃窗，透光。靠牆的一邊放著直立式楓木Schimmel鋼琴，德國進口，1980年代款式，觸鍵感特別好。我曾每週坐在這座雅致的鋼琴面前把翫，練習。沙發旁邊仍舊放著一盆三呎高的萬年青，室內佈置莊靜怡人，可是，對比當年，

這裏似乎少了一點生活氣息。嘉汶的兩位兄長已經結婚，如今只有母親、嘉汶和印尼女傭三個人住。我們坐下不久，印傭把放了台灣烏龍的紫砂茶壺和幾隻茶杯端來，茶溢出，送來一陣清香。芷韻從印傭手上接過茶杯，向她打量一眼，說謝，又跟我們說：

「我還記得嘉汶從前的菲傭瑪莉，她的廚藝非常好。瑪莉已經返回菲律賓嗎？」

「早兩年瑪莉退休，返回菲律賓，我們多麼捨不得！畢竟她已經跟了我們十八年，親人一樣。」嘉汶說。

「一定捨不得！還記得以前，瑪莉中午來學校帶飯給嘉汶，有時候還會給我們幾個人帶飯呢，最喜歡她煮的栗子炆雞、蒸排骨，很入味。」美怡細細地呷了一口茶說。

空氣滲出羽毛質的寧靜，一道夕陽淡淡落在繡花地氈上。

「記得有一次芷韻家裏給我們做了午飯，瑪莉又同時給我們帶飯，我們一天吃兩家茶飯，飽得不得了！」我笑著說。

「對呀，這個我記得！那天吃得太飽，午飯之後的課昏昏欲睡，天貽睡得太張揚，在Miss Wong的歷史課上，人連著椅子呼嘭一聲滾到地上，把我們嚇了一跳！」美怡開懷地笑著。

「我是給當場吵醒的！」我說。

「太好笑！之後的一個月，天貽都說午飯要節食！」嘉汶

接著説。

斜陽變黃了，每個人的臉都鍍上一層透明的金輝。她們似在笑著，像是跟自個兒笑，徘徊在自個兒記憶裏的笑。笑容裏有苦澀味。茶的餘香。

「真不知道，究竟她在哪裏？」芷韻説出了我的默想。

「你們上一次見她，就是在美怡結婚前一天吧？」我問。

「我和美怡最後一次見她，就是在美怡婚禮的前一天。」嘉汶答腔。

「天貽早已答應了來當姊妹，我沒有想過結婚當天會看不見她的！」美怡抱怨著。

「對呀，那天我們一片慌亂，忙得一團糟。原本安排好給天貽負責的，都得臨時改動，我整個早上都在打電話給她，起初還以為她是睡過頭。」芷韻説。

「誰會想到天貽從此失蹤？」嘉汶慨嘆著説。

「我猜，是她感到太難堪，故意避開我們。」我提出一個合理的推論。

「這個也是的，天貽明知Hashimoto是個壞透了沒心肝沒錢的傢伙，仍然跟他糾纏不清。每次出來，她都在數他。每次我們勸她離開他，她都同意，可是每次見她，她還是在自我重複著。」芷韻説。

「這位橋本先生，的確把她毀了！」嘉汶説。

「我看，天貽是被他的音樂迷惑了。」我說。

「假如他的音樂那麼好，應該不會如此一窮二白。嵐嵐，這幾年你不在香港，不會知道天貽花了多少錢在那個浪子身上！」美怡說。

「音樂好，也不等於能賣錢。不過，我真的不清楚……關於天貽的消息，都是從你們身上聽來的。」我落寞地搖頭。

「那個日本人很會花錢，愛享受，又經常去旅行。除了從做模特兒賺來的錢，天貽還借了一身債。最可恨的是Hashimoto在外面還有三、四個女人，我真不明白天貽怎能忍受這段關係的？」芷韻說。

每次聽到天貽的消息，我都感到迷惘，我已經不能理解她，她亦許久沒有跟我聯繫了。升上大學後，許多關於天貽的消息，都是從她們口中聽來的。每次從別人口中聽到她的消息，心被蟲咬一樣，撕碎潰瘍。天貽早已背棄我。

我跟天貽在中六時，曾經立下協定：大家一起考上中文大學音樂系，繼續同窗。天貽的學業成績一向不俗，我亦有信心，會考那關也無風無浪經過了，本來以為高考只是另一次輕舟渡關。高考放磅日，是我們最後一次穿著校服回學校。我還記得課室裏的凝重氣氛，大家都異常緊張，話不多。是我首先收到成績單的：一條A兩條B兩條D，我已邁進中大的門檻了，瞬即鬆一口氣。接著是嘉汶，取過成

績單後，臉色發青，她拿到一條B一條C一條D兩條E，聯招第一志願排了港大工商管理系，看來入不成。她禁不住當場哭了，我立即前去安慰。在這時候，天貽出去拿成績。我雖然顧著面前哭著的嘉汶，卻仍然留意著天貽。天貽從老師手上拿到成績單時，眼色一變，臉容慘白，一手把單子捏成一團，握在拳裏，匆匆走回座位拿起小背包，箭一樣離開課室。我正駭然，追了出去，沿著樓梯走到地下的有蓋操場，我跟她之間只隔著小吃部。我對著天貽的背影，婉言安慰：「就算A-level考得不好也不要緊，你早兩個星期去中大的面試，他們不是很欣賞你的歌喉嗎？也許音樂系可以用非聯招途徑收生的。」一直奔走著的天貽此時慢下來，轉頭，正眼看著我說：「蔡菲嵐，不要問，也不要再追我。總之，我不能跟妳一起入中大了。」說罷，天貽頭也不回地向著學校門口疾速奔去，看著她逃命般的背影，我僵住了，兩行熱淚潸潸滑下。

回歸已過，我以為一切都會平穩過度。誰知命運多舛。自此，天貽對我的態度冷淡下來，我幾乎不能忍受。我把自己關在房裏，慨慨度日。這是對於我的懲罰嗎？我曾多次問自己。可是，我又反過來想，各人自有各人的難處。這個打擊太大，我應該理解她。

我們升大學的第一年，天貽本來打算重考高考，翌年進大學。在深秋時份濃霧蔭蔭的一天，我跟天貽約好下午三點在尖東喝珍珠奶茶。當天兩點鐘我已經在大學火車站候

車，手袋裏裝著德國漢諾威國家交響樂團的演出門票，站在月台上，幻想著把它交到天貽手上時的喜悅。音樂系學生必須參加的崇基合唱團，最近都在唱韓德爾和巴哈的曲目，我唱得多了，很想跟天貽分享我對於巴洛克時期音樂的領悟。火車開得比平常急速，我首先到達茶店。獨自坐到三時一刻，傳呼機便響了，那是天貽留的訊息：「我現於尖東帝苑酒店咖啡廳，請即前來。」

我依照指示，走進咖啡廳，看見天貽和一個穿著黑皮夾克爛牛仔褲的男人親密地坐在一起，他還不時撥弄她的頭髮。他三十歲上下，戴著墨鏡，指頭夾著菸。天貽一臉泛紅，是喝過酒，還上了妝，唇是飽滿的桃紅。眉毛畫得入時，鳳眼添了豔色。我不知該說甚麼，心往下墮。坐下來後，才看到天貽的緊身短裙，稍為遮掩了臀部，兩條形態修長的玉腿赤裸裸地暴露。當天貽跟我介紹面前的保羅，我亂了方寸，幾乎聽不到他是一位時裝雜誌的攝影師。我支吾一聲，保羅跟我打了招呼後，逕自走開。我良久不語，看著餐桌上的兩杯Tequila。天貽替我點了咖啡，我遲緩地從手袋中取出交響樂團的演出門票，遞給她，說：「這是下星期五的演奏會，到時一定要來，我想把音樂系的兩位教授介紹給你。」天貽望著門票，沒有接。她說：「我來不了。」頓了頓，又說：「下星期五我要去雜誌社的酒會。」她淡淡一笑，我望著保羅留下的煙蒂，苟延殘喘地燒，差不多要滅了。整個咖啡店全然靜下來。「我們，可以像從前一樣

嗎?」我低聲問。天貽説:「不一樣了。」她從Prada手提袋取出一本時裝雜誌,翻開屏頁,是一幅天貽當模特兒的流行時裝硬照,很有東洋味。「我不打算重考了,沒意思。我當模特兒,照樣可以找門路入電影界,做電影音樂。」天貽灼灼地望著我,我咬了一下唇,沒有再説甚麼。侍應把我的咖啡端來,我只加了糖和奶,還未喝,抬頭問她:「你是否真的喜歡保羅?」天貽豪邁笑了一聲:「可能吧。」我點著頭,內心極苦,卻想撐開一個笑容來,問:「你甚麼時候認識他的?」天貽説:「蔡霏嵐,你有你的前程錦繡,我也要為自己將來打算。你信我,到時我們還會在音樂界聚頭。」我望著天貽炯炯有神的目光,含淚點頭。自信,是她唯一不變的。

從帝苑酒店出來,整個世界被暮靄籠罩,霧色茫茫,天黑無光。城市何其荒涼。面前盡是滄桑。我原以為知道自己要走的路,我期待的是絢爛的未來。幾乎是在同一刻,我決定離開香港。在低壓微腥的沉鬱空氣中,我感到窒息,呼吸極重,口裂唇乾,就這樣我昏厥在尖東囂鬧的大街上。

大學畢業後,我離開了香港,卻找不到桃花源。我學懂了妥協,為滿足客戶而折腰。回歸十年,我又決定回來。在香港,照樣可以創作電影音樂。

我尋溯過,夢想過,懷疑過;我相信過,被擊潰過。現世並沒有桃花源。

那天我們在嘉汶家一直聊到夜深，大家在門口道別時，天色極沉。她們說既然我已經回來，以後多相聚。橘黃色街燈慈祥地俯視眾生，照耀靜夜躑躅街上的歸人。我從前喜歡在晚上坐電車，人少，暢達。喜歡聽「叮叮」的鈴聲鼓譟隆隆深宵。我坐在電車上層，看黯藍色的中環悠悠穿過蜜黃燈光，黑色電影的低光度情調。我靜寂體悟著上個世紀遺留的風景。赫然感到，失去了天貽，這個城市一個獨特的部份都好像隱退了。

其實，我早知道天貽是個會為愛情孤注一擲的女子。忽爾，我感到完全理解她。

翌日，在吃早餐的時候，讀到報紙上登了四百名文化藝術界人士的簽名，要求政府保留皇后碼頭。我決定當晚去碼頭參加靜坐，因為我不能忍受他們拆掉這個老地方。

晚上八時，我和嘉汶從置地廣場步行到皇后碼頭，參加集會。月色如銀，難得風清。沿途上，嘉汶跟我說了許多關於當學校社工的難處。嘉汶工作的學校隸屬band 3，不少學生來自破碎家庭，當中許多又有經濟困難。學生受情緒問題困擾，甚至有自殺自殘的傾向。作為社工的她，只好盡力幫助，卻不能保證學生的情況好轉。嘉汶勞心勞力，連自己的情緒也兼受影響，經常失眠。我望了望她那樸素、婉約柔和的臉，聆聽著和應著，感受到嘉汶近年生活的蛻變，一整個社會的殘酷現實都壓在她窄小的肩膀上。這是人生。我赫然對

她佩服起來。

我們走過戾臣爵士銅像,從前每次經過這裏,都會看一下銅像下面的尖三角石塊。童年回憶。小時候曾在這片尖三角地上爬爬跌跌,自愉一個下午。晚上的皇后像廣場噴水池射出藍綠色水柱,柳絮一樣軟弱無力,水滴娓娓淡入空中,竟然有點超現實的色彩。才走進干諾道中人行隧道,便聽到從皇后碼頭傳來的示威聲響。

「建築學會早前發表聲明,指皇后碼頭、愛丁堡廣場、大會堂三者是『軸線相連』的建築群,都是香港的重要歷史建築。當年英國皇室人員訪港或者港督到任,都是從皇后碼頭登岸的,隨後,他們經過愛丁堡廣場檢閱儀仗隊,到達大會堂正門,這是一條相連的直線。這條『軸線』的背後意義,比很多實在的建築物還重要。廣義來看,假如皇后碼頭代表政府,大會堂代表人民,這條相連的『軸線』,便是代表政府與人民之間的連繫。假如我從歷史角度來詮釋這條『軸線』,它就是英國官員踏足香港的第一步。換句話說,這也是九七回歸的一個重要歷史部份。如果沒有這條『軸線』,就會令到組成香港回歸前、後的歷史實物資料有欠完整……」

社運及文化界人物輪流廣播,發表保育皇后碼頭的呼籲。從干諾道中人行隧道出來,便看到無數橫額貼滿一地,還有許多人舉起示威牌子,高喊各種口號。環顧四周,盡是「不遷不拆」、「保衛皇后」的標語,其中一幅白底黑

字的巨型橫額十分顯眼：「一級建築，豈容拆散，保衛皇后，你要參加！」我本來沒有懷著任何預期，既來之則安之，誰知走進大會堂外面的領域後，竟被一種類近垂死掙扎的莫大哀感所籠罩。大勢已去，可是我們還要苦戰求存。知其不可而為之。

時不利兮可奈何。奈若何。

我失去方向地佇立路中央，怔然良久。嘉汶似乎也墮入同樣的悲慟，默哀似地站在我的旁邊，無聲感受著身邊異常躁動的氣氛。好一會兒後，嘉汶扯了扯我的衣角，繼續前行。

前行間，海面徐緩送來一陣涼風，然後，我聽到離開皇后碼頭較遠的一個角落，傳來了幾個熟悉的和弦。G，C，G，B7。前奏約略地彈完，電結他便停下來。一把男子的聲音在咪高峰上說：「作為音樂人，我們只能用音樂去紀念這個帶給我們無數回憶的地方。以下時間，由地下音樂人許天貽為我們演唱一首老歌：*You've Got A Friend*。」

聽到廣播，嘉汶驚異得高呼出來。我們不禁詫異對望，嘉汶說：「你聽見了嗎，他說的是我們認識的天貽嗎？我是否聽錯？」我反應不過來，遲鈍地搖頭說，你沒聽錯。我們嘗試朝著廣播的方向看，人太多，看不到甚麼，卻在這時候，聽到非常耳熟的歌聲。這把沉厚迷人的聲音，曾經震盪我的靈魂，就算我變成焦炬都不會忘記，縱然此刻看不

見，我敢肯定，獻唱的人就是她。我們蹺過人叢，朝著歌聲快步走。

腦袋空蕩蕩淨白一片，心卻砰然跳起來。天貽的腳下就是我渴望親履之地。

"You just call out my name, and you know, wherever I am, I'll come running to see you again. Winter, spring, summer or fall, all you've got to do is call. And I'll be there, yes I will. You've got a friend."

我彷彿抓緊時間之河最具存在意義的一刻。悠悠年月無聲無痕地悄然流逝，有多少個光景能撼動我們的記憶？我們終能看到站在人群中的許天貽，可是，這一次，她沒有邊唱邊彈結他。坐在她身邊的，是一位戴了墨西哥帽子的中年男性結他手。天貽剪了短髮，身穿一條設計簡約的黑色連身裙，清楚看到她圓鼓高隆的腹部，是懷了孕。腹大便便的天貽站在人堆中央，唱功沒有半分失準。她明顯是比從前胖了，臉龐都長了肉，面色大好。從這一塊和悅的臉上，難以想像她曾經渡過驚心動魄的歲月。嘉汶伸手來捉緊我的，我終於找到依傍。

天貽的歌聲摒除了周圍紛亂的雜音。我緊握嘉汶，難抵悲慟，淚流如注。

麥欣恩，畢業於香港中文大學，後獲香港科技大學哲學碩士及新加坡國立大學哲學博士，現為香港中文大學中文系助理教授。她也是電影編劇、小說作者及影評人，曾從徐克導演習編劇，現為國際影評人協會及香港電影評論學會會員。麥欣恩曾旅居新加坡、日本、韓國、美國等地，對香港始終有一份強烈的歸屬感。創作包括長篇小說《夢黑匣》，電影劇本《三條窄路》、《末日派對》、*HongKonglicious*（英文短片）等。

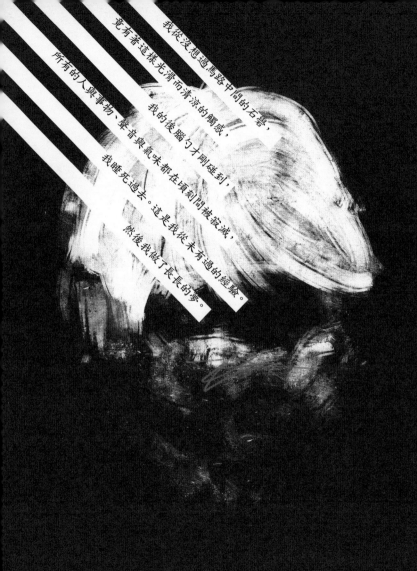

我從沒想過馬路中間的石壆，竟有著這樣光滑而清涼的觸感，我的後腦勺才剛碰到，所有的人與事物、聲音與氣味都在頃刻間被寂滅，我睡死過去。這是我從未有過的經驗。然後我做了長長的夢。

陳慧

金銅旺飛行少女

序

她在我的窗外翱翔而過，一如素來在灣畔上空出現的鷹。張開的翅膀與身體的比例亦如鷹一樣，她大概五呎二吋高，她的翅膀展開就有六呎，白色，翼下有平伸的臂膀，雙腿合攏交疊，猶如釘身在十架的姿勢。

我敬畏著，無從反應。我沒想過她是這樣的。

1.女戰士

我好久沒做出新的東西。偶爾看了一些非常強烈的影像或片段，例如藍天之下穿著紅衣的示威群眾、為家園向世界呼喊援助支持的烏克蘭美少女、迦沙地帶的小孩……，悲憫憤慨的情緒就會在剎那間被激活，創作衝動亦隨之出現。我可以一口氣畫下好些草圖，夜以繼日地。只是在累倒放下之後，就再也無法將創作接續。

小樹不屑，說，我先不談論你的偽善——他如此輕易看進我最裏面——我只跟你說你的創作，拜託，你只做出了形象，就像泥捏的娃，可是欠上帝吹的那一口氣，沒靈魂，就跟紙牌和木頭沒兩樣——小樹愈說愈狠——這不叫創作無法接續哦這叫沒生命耶那當然不會甦醒啦你怎會不懂呢……？

我當然明白，生命和靈魂。

小樹說你不如去旅行。老闆說你不如去死。我沒錢去旅行也不敢去死。老闆說，你前無去路，你就得畫呀。

我在紙上亂畫。我先是畫了一個少女。大家看了都說，這個好哇。我不是靈感頓悟我只是在耍小聰明；我收集他們感興趣的女孩，將她性情上的壞品質去掉，給她能力和夢想，然後再將她放回在日常生活的場景裏，他們就會說好。開始的時候，我參照神話故事——長髮、臉容姣好、溫柔惻隱、堅毅同時冷酷……——只是人物才剛鋪陳開

來，我已厭倦，毫無熱情把故事說下去。

然後，我在電視的新聞報導中看見了她。

她的形象與表現，超乎一般人的想像，令我眼亮。她是某學生論政團體的發言人，長髮，樣子瘦小，聲線柔弱，同時無畏無懼，言語擲地有聲。我如夢初醒，靈感泉湧，帶著文藝氣息的少女戰士遂被虛構出來。

小樹看了一眼初稿，就說想起高橋真的《最終兵器彼女》。我討厭自己，我是一頭沒出息的拷貝貓。

2.當想像與現實重疊

我讓「女戰士」出現在K市。

K市來自某段時間切片，人們在此只能流連廢墟，憑弔同時奢想重拾早已消逝的美好生活方式。她穿上白色的夏季校服，揹上重甸甸的書包，在上學路上派發傳單，堅守逝去的生活價值，拒絕現實的粗糙與殘暴，獨力招架一切懷疑拒絕敵視伺伏……。

小樹說，我想看這個女孩的故事。小樹不是反諷，我相信他的誠懇，這在近日非常罕見。我知道「女戰士」真實的部份拯救了我，她讓我的角色有了生命。

我讓女戰士領著群眾踏著瓦礫前行，就像德拉克羅瓦那幅《自由引導人民》裏赤足袒胸持旗前進的自由女神。

小樹問，然後呢？我讓穿校服的女孩領著群眾反擊政府，她在我的畫稿中抗議吶喊。女戰士首先打動了小樹。

然後，我發現，不知道從何時開始，每逢週日，城中都有集會和遊行。一街都是穿著黑衣的人，不過是三、四公里（最多不會超過六公里）的腳程，卻往往動輒耗費整個下午（那往往是假期）進行，他們就這樣將本來用以休息嬉戲的時間，行行重行行。令我印象深刻的是，沉重的步伐，卻是莊嚴的臉容。開始的時候，我只是從這些新聞照片中擷取靈感，去豐富我繪畫的故事內容與畫面。然而，不知不覺間，我無法再安靜旁觀這些記錄城中人事的照片，我的情緒隨著照片中人的臉容湧動著。對於我生活的城市，我比我知道的躁動。

——畫作與現實，早在我知道之前，某些部份原來已重疊在一起。

小樹和同事們看見我剛畫好的畫面，只說了兩個字，終於。一種如釋重負，事物放對了位置的反應。那是群眾進擊的畫面。

——最後，我也成為了遊行群眾的一員。

3.極限之後

我在炎夏上街，因為我要陪著小樹。這是我的借口，因為我自覺不配成為隊伍中的一員。當然我從小被教導分清

對錯，但僅止於此，我從不覺得我需要為對的事情堅持與付出熱情，我讓別人來當我的代表；而當局面惡劣得路人皆見，我卻無法理解和分析，更缺乏行動力。我承認，我不是不怕的。我說，小樹，其實你甚麼都不懂。但小樹表現得是那麼的理直氣壯理所當然，彷彿他一直都在隊伍之中。我卻是渾身不自在，就像冒充的人，與周遭事物格格不入，完全無法掌握接下來會發生甚麼事情，好像隨時都會中暑。我很害怕小樹會嫌我，叫我離去，而我其實是那麼渴望成為他們的一份子；他們是以理想和勇氣去回應現實的人，是我以為只會在故事裏才會出現的人。

我唯有對自己說，我跟他們不一樣，我只是在為「女戰士」做資料搜集……。

大概就是從那天開始，我覺得外在世界的一切，超越了我能承受的底線——太熱、太餓、太累、太睏、太擠、太髒亂、太憤怒、太悲哀……。

那天非常漫長，發生了很多事情。從下午開始，我就沒吃喝，甚至沒坐下來過，如是者十多小時，形勢稍稍放緩。小樹說，你歇一歇吧。於是，我挨著馬路的石壆半臥半坐。我從沒想過馬路中間的石壆，竟有著這樣光滑而清涼的觸感，我的後腦勺才剛碰到，所有的人與事物、聲音與氣味都在頃刻間被寂滅，我睡死過去。這是我從未有過的經驗。然後我做了長長的夢。夢中甚麼也沒有發生，只有一棵大樹，清涼的風在樹梢徐徐吹過，還有，高高的藍天。平靜

安穩。後來，就是在夢與清醒的邊緣，我朦朧地意識到，我就是那棵樹；我最後變成了一棵樹。我醒來的時候無法動彈，以為小樹仍在身旁，眼沒睜開就叫，小樹，糟了，我變了一棵樹⋯⋯。仍是黑夜，惺忪中不辨自己身處何方，小樹不在，只有他的風衣蓋著我。周遭人來人往，我惶惶然，有種墜入鬼域的感覺。我從未曾在陌生的地方睡得這麼沉過。

忽然，有人塞給我一個漢堡包。

那人見我三口將漢堡包吃完，就又遞給我一個。我接過。旁邊一個也是剛醒來的女孩瞪著我看，我問她，餓嗎？她接過我遞給她的漢堡包，四口吃完。我爬起來，想再去找些吃的，不知誰遞給我一支瓶裝水，六百毫升，我咕咚咕咚一口氣喝完。之後又有人遞給我食物，剛要放進口裏，立刻就發現身邊有人看上去應該比我肚子更餓。

餓而且睏，睏得無法再往前走一步。

4. 吃和睡

當我再一次在馬路上醒過來，其時心裏清楚自己仍在街上，想吃想洗澡，記得事情的經過，莫名就升起了一股悲從中來。小樹不知何時回到我的身邊，他看著我，眼眶通紅，良久說不出一句話，好不容易他開口了，問，肚子餓嗎？我點點頭。我跟著小樹走到放便當和熱湯的地方，最後我沒吃到熱便當，我們幫忙將便當和熱湯送去更遠的位置。

一路上都是陌生人，四目交投，就問，餓嗎？要吃些甚麼嗎……？我們以此替代交談。

我不知道該做些甚麼，於是不斷為自己和陌生人張羅吃喝。在從未踏足的馬路上，我奔波著，比平日伏案畫圖更累更緊張。我依然覺睏，累得骨頭沁出痠痛。痠痛要是能畫出來的話，應該是褐色的，像沾上泥土與血的污跡。只是再也睡不穩。我胡亂吃著陌生人遞給我的食物，半飽，又去為其他人張羅吃食；好像這是我餘生唯一的任務。沒事發生的時候便就地躺下，然而總是容易驚醒。醒了就起來巡邏著，身邊總有陌生人作伴，我們沒商議過，卻似有默契地輪更看哨；像要準備一場無名原始的戰爭。

就是這樣，我們一頭栽進這一場無名且沒事先張揚的戰爭中，從此脫離了過去的日常生活。從前的日子，就似是被封存在毛細玻璃夾片中的標本，一不小心，就會打破，散落一地之後，不復存在。

在以後的日子裏，小樹說得最多的就是，怎麼你老是在吃和睡？我不懂解釋。我開始想念家中的床，然而當我回到家裏，卻牽掛著街道上的群眾，無法入眠。這樣的心情我從未有過；都是陌生人，我竟放不下，想得心中絞痛。

生活這台複雜精密堅固且充滿繁多細部的龐然機械，竟被我們如此這般無意中拆卸。眾人正以無比的熱情與努力，將丟落一地的無名細碎部件，重新組裝，每個人都充

滿從未有過的恐懼與希冀。

——然而，只要我遠離人群，穿過馬路，往另一方向走，不消十分鐘——就像我剛穿越了一道肉眼不可見的巨牆——周遭一切，又會是跟從前毫無分別，就像在這裏發生的，根本從未出現。

現實竟然比我的畫作更迷離虛幻。

5.回家之後

我躺在床上，卻總是輾轉反側。熟睡的小樹往往被我弄醒，他生氣地將我的手提電話丟到房外去，只是於事無補。

我暗自懷念在馬路中心那一場將自己夢成了樹的深沉睡眠。

我像退下火線的戰士，罹患著未被斷實的創傷後遺症。有時候我覺得經歷了太多，統統都是我本不該遇上的荒誕事情，胸臆漲滿了無以名狀的悲憤。更多的時候，我蔑視自己，那只不過是一些煙霧一些吶喊一些謾罵和推撞，我甚麼也沒遇上我甚麼也沒付出，鎮夜自憐，同時自責。

反正睡不著，我就繼續躺著掃電話屏幕。訊息不絕，令人精神繃緊。日夜的界線不知道被甚麼模糊了，深夜亢奮，傍晚熟睡，日子連綿，無以區隔；寧靜與歇息仿似一首遙遠的詩與古老的歌謠。

十月中旬之後，蹦出來的訊息和臉書更新已緩和了很多。打從收到無數訊息與臉書留言要我離開現場的那天晚上起，我就讓手提電話一直保持在靜音的狀態，從此沒將它回復過來。後來在那些無名的夜裏，只有這些微弱的振動陪伴著我。振動往往讓我清醒一下，於是我會相信，之前我確是睡著了的；我就這樣半夢半醒、疑幻疑真過渡著日夜。

我沒上班的日子不太長，不過後來因為睡眠的狀況，我晚了上班，也更晚下班。小樹無法適應我的作息；我清醒，他熟睡，他工作，我仍昏睡；我們明明一起生活、工作，卻像各自處身於異度的空間中。我孤單。

6.日常生活

小樹裝作若無其事，只跟我討論工作，說老闆很不高興，認為我再也沒有藉口不投入工作。小樹叮嚀我一定要做出讓老闆讚好的畫作。經過了這幾個月，小樹的情感熾熱了很多，也更直接外露，跟我說話的時候，他會拉我的手，就算身邊有其他同事，他亦毫不扭擰閃縮。小樹如今比我更坦然、大膽。其實不止小樹，這些日子以來，我能輕易發現大家都更勇於觸碰邊界和禁忌。

相形之下，我顯得退縮。無緣無故。就像我的身體穿了一個洞，熱度與力量就從那個無法看見的小洞流洩出去；我的元神內蘊猶如被稀釋的液體，一經傾瀉，我想要堵住都

無能為力。

我的身體忠實地反映了這一切。

我老是覺餓；餓，卻吃不下。像思念著某種食物，非要吃到才能得到滿足似地。竟又偏偏想不起那是甚麼食物。非常想要，只知道吃進去的都不是，尋尋覓覓，愈吃愈空虛。胃酸倒流全身，漫過心房和每一口呼吸。

我本來就不壯健，如今瘦骨嶙峋，但眾人也不覺希奇，好像經過了那些在街上流連的日子，就得消瘦清減。我常常半夜三更出門，睡眼惺忪的小樹陪著我，走遍大街小巷去找那些應該當早餐或下午茶的食物。我餓，但我要吃找不到的食物，就像生病鬧彆扭的孩子。最後吃得最多的是麥片，只用白開水煮，純為維生。

偶爾遇上對胃口的食物，吃了一小半就推開，放任墮落的姿態，其實是不願意讓自己快樂起來；恐怕快樂起來就會失去些甚麼或被咒。

我彷彿可以看見自己的靈魂，正在一點一點的萎微乾凋。

我唯一能做的就是繼續工作。我在天花板上裝了盞200W的射燈，黃光，那強度若直視會叫人目眩，在它的光弧下，我會以為自己獃在斜陽夕照中。小樹說，你還要畫這些濫情的東西？世界都變了，人人都在說我們回不去了，你受得了繼續做從前的事情？

小樹説得對，回不去了，他不明白我要出盡九牛二虎之力才能繼續著日常生活。一如我不明白小樹為甚麼變得那麼率直、進取，他的強壯和獨立令我妒忌。

我只覺如履薄冰，小樹卻説我是自憐，他悻悻地説，你去死。

7.飛行少女

我醒過來，絲毫不覺得已休息了一個晚上。小樹已去了上班，我不願起床，躺著盯住天花板發呆。白色天花板上有虹彩倒影，會動的，疾走的彩色串珠，我看了好一回，終於明白那是玻璃窗折射的緣故，我看見的是馬路上的車流。

城市一切如常。

窗簾是密攏的，不過頂部還是洩光。今天的交通暢通無阻。虹彩倒影一直往前流，看久了人就生出莫名失落，彷彿只有我掉隊沒能追上去。

我抓起手提電話，掃屏之後發現，竟然沒有一條新的訊息。我決定起床。拉開窗簾，耀目陽光進來，流動的虹影倏忽消失，我想起日出時化為飛灰的吸血鬼。我的萎靡。天很藍，將高樓大廈擋在視線外就像置身太空，然後，我看見她飛過。

她在我的窗外飛過，是一種翱翔的姿態，身體的大小比例就如同我的窗外出現了一位正在工作的抹窗工人。不過

她是凌空的,就像夏卡爾那幅叫《吻》的畫裏的人。

而我住在十二樓。

我回過神來,立刻從床上爬起,她已經飛離我住的大廈,在馬路的上空,她雙臂做出了拍翼的姿勢,優美地爬升到接近三十樓的高度,然後沿著岸灣,向城市的核心地帶飛去。

我的女戰士。

她是來讓我看見的。

當她在我的窗外出現,我感到震動,就像接收到新訊息,只是這震動不是來自我的手提電話,它來自我裏面,很深很深的裏面。像鬧鐘響起人又睡夠的清晨,我醒過來了。奇蹟。我整個人就是重新獲得力量的狀態。我知道這不是想像或幻覺;我就是知道;我願意相信這樣的現實。

有些事情發生了。

我不能再頹唐了,她在我的窗外飛過,她居然來看我。

我跪在床前,看著窗外,良久,深深沉浸在一切重新開始的光明與愉悅中。

8.秘密蘭破

我從來都容易受驚,我不是會守得住秘密的人,但我沒對任何人提起過飛行少女。甚至是小樹,我也沒有讓他知

道我所看見的異象。我不知道該如何解釋，我無法預測他的反應。就算我讓他知道，如非親身經歷，他也不見得就能明白我所看見的。

少女在我窗外翱翔而過的景像，白天黑夜都在我的腦海中重播，讓我重新得力。我獨處的時間遂比平日更多，我不要別人來打擾她出現的畫面。我安靜等候，小心經營，鎮日戴著耳筒，開始的時候是巴哈，後來就只有韓德爾。當她出現，通常都是遠景，長鏡頭，隔著窗櫺，從遠而近。有時候卻是忽然就出現在窗外的大近鏡，她的眼神直逼著我，讓我透不過氣。我開始在紙上塗畫腦海中的影像，不過我很小心，隨畫隨丟進碎紙機中。

在描畫中我漸漸記住了她的樣子。濃黑短直髮，整齊瀏海，清澈眼神，健康的五官臉龐，至於神情，怎麼說呢？比較粗疏並文藝腔的說法就是憂鬱，如要仔細形容，就是惱意，帶著責備的神色，一股稚氣的慍怒，少年的固執，夾雜著失望和被辜負了的情緒⋯⋯。

看久了，我會怯。

我要是在窗外的其他地方遇上她，我一定可以一眼就把她認出來。我想像跟她的對話——我認得你，你曾經在我的窗戶外飛過⋯⋯。

——只是我素常出沒的地方，都不會有穿著校服的中學生。

是的，飛行少女身上穿的是校服；白色的短袖連身裙，腰以下有摺，領口以幼藍絲帶繫著蝴蝶結。

我很清楚這並非所謂心魔，或，某種不能言傳的變態迷戀。我帶著酸楚、歉疚、疼惜與敬畏的心情去看飛行少女。明明是潮濕的暮春，人卻恍似身處冷冽嚴寒的國度，一切都顯得透明而冰涼；我從未如此清晰地層層檢視自己的想法與情緒。

我比平日更早上床，更早醒來，盡快將小樹送出門，然後第一時間將窗簾拉開。

終於，在她回來之前，我畫在紙上的飛行少女被發現了。

發現的當然就是小樹。我太累也太不小心，畫著畫著就伏在桌上睡熟，小樹輕易看見壓在我臂下的畫稿。我醒來的時候，看見他捧著畫稿，像看一頁動人而曲折的故事。

小樹說，故事理應屬於她，這個穿校服的女孩是我們的主角。飛行少女將他迷住。

9.我們終必在街頭相認

小樹督促我畫出完整的飛行少女畫像，他替我著色，我遂畫了飛行中和靜止時收起翅膀的。小樹說，她要更憂愁一點。我找不到反對的理由。小樹認真地和我談著飛行少女的身世和背景，她飛翔的前因和後果。我不喜歡這樣的

討論，不是因為我要獨佔著飛行少女，而是我心裏清楚，不是這樣的，她的行動絕不合乎日常推理，她注定要推翻我們的常識與認知；她的出現就是要迫著我們重新思考。

小樹想幫忙，試圖鋪陳出飛行少女背後的故事。我找不到推搪與他一起創作的理由。只是無論現實與超現實，細節都不搭調。小樹說，她剛升上高中，成績很好，沉默低調，吸引著身邊的人而不自知，妒忌她的人想出對付她的方法，就是對她說，我不明白你在說甚麼……。

——我不明白你在說甚麼。

小樹說中了，只有這一句是對的。我不知道為甚麼，可是我就是知道他們不明白她。

小樹迫我給飛行少女添上外在的、物質的細節。我給了她背囊當書包，小樹為背囊著色，他挑了紅色。我沒有反對的理由。少女身上有翅膀，就不能揹書包了，只能單手提著，半拖半拉似地，像一切不願上學的人。這也是對的。當她在地上行走，就要收起巨大的翅膀，翼尖會在地上拖拖著，沾上灰塵髒物，看上去就是沒精打采的樣子……。

小樹說，我認得她，我見過她。

我只覺得小樹是胡謅，我沒搭理，繼續等候飛行少女。每天我早早起床，打開窗戶，只是她一直沒再出現。

我不住在腦海重播，回到那天早上，她在我的窗戶旁經

過，我看進她瞳仁，試圖停留在那裏。我對她說，我要走進你的世界⋯⋯。

小樹看著畫像，有些意興闌珊。每逢他覺得我在當拷貝貓、做出了帶著別人影子的創作，就會如此。他沒精打采，說，我的飛行少女令他想起《風之谷》裏的公主娜烏西卡⋯⋯。

我呆了一呆，命定似地給有翅膀的少女戴上飛行員的眼罩。

小樹反應很大，說，看，我早說過，我是見過她的。

戴上眼罩的飛行少女確然似曾相識——在真實世界之中。

小樹掃屏，逐張檢閱手機中的照片，良久，終翻出去年拍自旺角街頭的，然後遞給我看。

屏幕裏兩個中學生，肩並肩，站在路障前，二人都戴上了頭盔。縱然黃色頭盔在他們年輕的頭顱上顯得過大，但依然一臉認真瞪著周遭與他們對峙著的大人。

小樹抹去眼角的淚珠，說，我們誰不掛念他們呢？少年戰士。

為甚麼我無法如小樹般直視現實？她一直都在。我終需承認，飛行少女不是我描畫在紙上的形象，她是如此真實地存在著。她不是我的異像，她是我們的心結。我想，不止

我一個看見飛行少女。心誠則靈。不是我們發現了她，是她來叩我們的心門——叫我們無法忘記，當天如何辜負了這些少年人。

我對小樹說，我們一定要做些甚麼……。小樹頓感茫然。

最後，小樹拉著我加入旺角街頭的行伍。這些集會從來沒有報到與駐守的時間和地點，但我們總能找到隊友，一個兩個三個……。在別人眼中，我們零星，只是我們心中有數，周遭總有隊友。我們輕易就能認出彼此，憑著我們相視一刻了然於胸的神情，憑著我們對黃色的執著與總會帶在身邊的信物；傘形的小配件與小掛飾。

隊友們日復日地出現，因為他們相信，總有些人會在這樣的集結中重新看見亮光和意義。

當這樣的集結成為我的習慣，終於，有一天，我看見了飛行少女。充滿驚喜，合情合理。她身上沒穿著白色的校服，她的翅膀收起，翼尖並沒有疲憊地拖拖在地上，街上人太多，與她擦肩的人因為跟她擠得太近，居然沒看清楚藏在她背後的巨翼。她朝我和小樹走來，就好像知道我們是同路人。她對我說，嗳，你好，冰封俠。

我訝然，沒想到她能看得出來。我終於徹底釋放看見她飛翔時的愧疚。原來我冰封了自己。她說，你們都容易辨認，總是一副力不從心，錯過時機的模樣，其實你們只是被冰封了。為甚麼我會被冰封？她想了一下，說，大概是因為

自責與恐懼吧？

我覺得被命運嘲弄著。為甚麼你和小樹就不會被冰封？她邊梳理翅膀上的羽毛邊回答我，當事情發生，你受驚之餘，就像很多人一樣，視平庸與現實為安全感，你怯懼一切的可能性，將之視為危險，你只能退縮。而在我們心裏，有比恐懼更重要的事情。那是甚麼？她抖了一下翅膀，答案傳進我耳裏，低緩而堅定，像悄悄話，更像我的心聲──未來。

天開始下雨，隊友歡呼，乘機打開黃傘。飛行少女伸手撢走我肩頭的雨水，說，幸好你一直在畫，你身上的冰正開始融化，耐心點吧，你總可以再次動起來。

一點一點地動起來。我堵住我心中的洞。

──我要重新尋索那從現實裂縫中透進來，曾讓我感到目眩的亮光。我不能容許自己輕易忘記。我必須竭力保護微小而能迴照這小城風貌的人與事物，雖然這一切看似都被咒詛終必消失。我能學效的，就只有精衛與愚公，縱使每次都只能做那麼一點點、得到的與付出的是那麼的不成比例。只因為這一切都是為了小樹與飛行少女的未來。最後，也是最重要的──我要結伴，成為眾數。

陳慧，在香港出生、長大、受教育。曾出版小說《拾香紀》、《味道／聲音》、
《補充練習》、《四季歌》、《人間少年遊》、《看過去》、《小事情》、《愛未
來》、《愛情街道圖》、《女人戲》、《心如鐵》等二十餘本。最新作品為《K》
及《年代小說 記住香港》之〈日光之下〉。

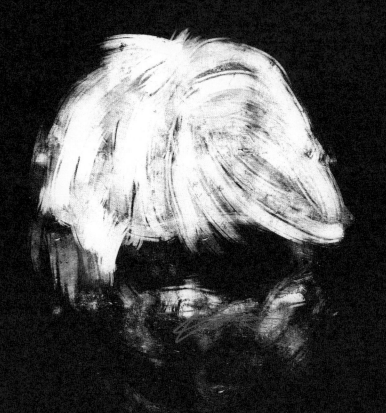

就好像一個時光隧道，

你可以走進昔日香港的時空

——那個傳說中殖民地時代的香港。

黃勁輝

英式奶茶的滋味

　　水晶燈下，是一道長長彎彎的大樓梯。扶手閃爍金光，地氈含羞臉紅。軒穿著Kenzo恤衫牛仔褲，跟著身穿傳統西裝的職員踏上樓梯。黃昏微弱的陽光穿過，雪白的薄紗。靠窗桌面上是雪白的餐墊，雪白的餐墊上是薄紗圖案的影子，斑駁躍動。那些裝潢氣派，那種雄偉氛圍，彷彿都不屬於這個時代的。

　　軒故意穿著一雙平日很少用的Church's皮鞋，襯白襪。那些牌子明顯不是他年紀喜歡的牌子，很努力裝著成人模樣；無奈臉上的稚氣通通出賣了他。快將二十歲的身軀，穿著爸爸遺下的衣物，總有點格格不入。爸生前不是常說，兒子愈來愈像他？父子的身型幾乎一樣，同樣的瘦削修長，衣服可以交換穿著，剪裁貼服，外觀看來幾乎完全沒有破綻。

單眼皮略顯頹唐，令軒本來不大的雙眼看來更小。餐單中英夾雜，密密麻麻的，寫上各種英式紅茶名字：Twinings, Dilmah, Taylors of Harrogate, Ahmad Tea, Qualitea, Darviles of Windsor......

軒花了一番時間瀏覽，這些名字都是異常陌生。侍應一直站在一旁，沒有催促，軒反而有點不好意思，隨便在上面選了一款，並點了一份下午茶。侍應有禮地收起餐單，臉上仍不忘保持一種拘謹的微笑：「一位？」「嗯！一位。」這是一張二人餐桌，侍應很自然地走到對面的位置，準備把另一份餐具收走。

「放下來！」軒鄭重地說。

「……」侍應充滿懷疑的目光。

「你別管！就保持著這樣好了！」軒嚴厲地說，不自覺聲音很大，其他座位的客人都向他投目過來。

侍應甩一甩肩膀，轉身離開了。

「Sorry......Sorry......」軒低聲道，也不知道侍應是否聽到。

這樣一個風和日麗的午後，軒獨個兒走到文華東方酒店的咖啡廳。中環位於香港島的心臟，文華位處中環的中心。放眼所見，咖啡廳以中年或老年人居多。他們大都身穿名

牌西裝，其中有不少是金髮綠眼的西方人。仔細留意，還找到吊帶的懷舊西褲，三件頭的傳統格仔紋西裝，西裝胸口衣袋偶爾還見到袋巾。這個空間很特殊，大陸客不常見。就好像一個時光隧道，你可以走進昔日香港的時空——那個傳說中殖民地時代的香港。

是的，「傳說中」的，至少對軒來說。因為軒出生在1997年7月1日，他的誕生，正好是香港從殖民地回歸的分界線。所以殖民地的種種，都是他出生前的事。殖民地時代香港種種美好的回憶，對軒來說，似乎跟黃帝大戰蚩尤，或者孫悟空大鬧天宮一樣，不過是傳說神話，跟現實的生活有很遙遠的、很遙遠的距離。

平日軒不會來這種地方的。他跟爸爸經常到樓下的英記茶餐廳，就是位於英皇道的英記茶餐廳。軒小時候經常問爸爸，為甚麼英記茶餐廳會位於沒有英皇管治的香港英皇道上。很奇怪麼？這些都是歷史遺留下來的，一如皇后大道沒有皇后，太子站找不到太子艾活，沒有甚麼值得奇怪。

英記茶餐廳最馳名的是英式奶茶；但是爸爸生前經常強調，你手中的奶茶，並不是傳統的英式奶茶，只是普通的港式奶茶。你皺眉頭，好像聽到世上最荒唐的事情。香港曾經是英國殖民地，港式奶茶保留原有英式奶茶傳統，應該是一樣的，或者至少很接近才對。為甚麼會是天差地別呢？

你看到的英記茶餐廳，名字確是英記茶餐廳。空間是同

一個空間,甚至掛在牆壁上的照片,是末代港督肥彭光顧英記的照片。肥彭很喜歡在這間茶餐廳飲英式奶茶,然後到對面的餅店吃港式蛋撻,這些照片都是真的。但是今日的英記茶餐廳,已經不是昔日的英記茶餐廳了。

老闆同樣叫阿英,但是此英不同彼英。以前那位老闆英,是在港大英文系畢業,受過英國殖民地大學規訓,一口流利英語,開這家餐廳是想介紹他喜歡的英式奶茶。但是九七回歸時,就是軒出世前,老闆英移民英國,所以賣盤。易手的是大陸來港的商人,這位新阿英很會做生意,卻不懂英國文化。肥彭照片保留下來,只是覺得有點綽頭。店內同時放了毛澤東照片,東西方文化混雜交戰。最大問題是,新阿英不喜歡英式奶茶,他買盤只是喜歡這個茶餐廳的位置和名字。英記,原來是代表英式奶茶、英皇道和老闆阿英。但是新阿英只看到後兩者,最重要的招牌英式奶茶卻看不到。不過,爸爸最不高興的是,新阿英把港式奶茶,代替英式奶茶;但是,名字依然不改,依然名叫「英記英式奶茶」,卻是指鹿為馬。爸每次說起這件事,都份外動氣。

關於爸爸這一代很多事情,軒不是很理解。自出世開始,香港已經是這樣子,為甚麼他們總不可以習慣?冒牌「英記英式奶茶」為甚麼被視為邪魔外道?他們沒有聽過網上購物店流行的說法,冒牌比原創更好更便宜嗎?大概他們這一代都不太信任網絡上的言論。爸與朋友星叔叔,經

常來英記飲茶。軒一如往常吃菠蘿包，喝冒牌「英記英式奶茶」，聽著兩人細說以前香港點樣好，尤其香港最美好的80年代。軒總覺得他們說的都是外星語言。星叔叔喜歡Alan，爸爸喜歡「哥哥」，兩人為了他們喜歡的歌手，經常爭吵過面紅耳赤。軒聽過那個叫Alan的阿伯唱歌，外型平凡，非常老套，唱腔造作，實在不明白星叔叔為甚麼會視他為偶像？為甚麼這樣的歌手會是香港最美好年代的代表？當中還有一個女歌手「阿梅」，聽說是個百變天后，聲線很特別，聲底很厚，有點陽剛味，確是這個年代所未曾見過的。

「哥哥」叫做張國榮，是相貌很獨特的歌星。軒不知是否自小受爸爸影響，他很喜歡這位我行我素的巨星，可以大膽宣稱自己的同性戀身份，冷理假道學與庸眾的目光。軒與爸在家翻看《春光乍洩》、《東邪西毒》的DVD，感受過「哥哥」的魅力。可惜，「哥哥」在文華東方酒店，一躍而下，飛到了另一個世界。不知由何時開始，文華東方，一直成為了軒心中充滿想像力和誘惑力的符號。那個地方好似一道神秘之門，只要通過這道門，他會看到一個跟平日生活不一樣的世界。但是他始終沒有進去過，直至爸的突然離世。

那是一個風雨交加的晚上，爸爸突然中風了，就這樣離開了軒。軒的媽媽只是送來一個冷冷的短訊慰問，厚厚的帛金是收到了，她甚至從來沒有想過飛來香港出席葬禮。她早已經改嫁了，跟一個商人住在加拿大，有一對仔女，在

那邊落地生根。軒不是沒有想過媽媽，只是他從小學習了克服這種無骨氣的依賴。爸和軒，兩條硬漢，要在香港好好活下去，不要讓那個貪慕虛榮的女人看扁。但是香港這些年，一年比一年差，軒看著生活質素一天比一天差，東西卻一天比一天貴，社會一天比一天亂。今年是大學最後一個學期，去屆的師兄師姐除了繼續升學，或者因為父母親戚庇佑找到工作，幾乎都是失業……爸爸英年早逝，大抵捱得辛苦了。一個人打三份工，生活水平是愈來愈差，他不知道這是甚麼原因，好似全世界除了大陸，經濟都在倒退。軒從來逆來順受，他覺得生活在末世，不應想結婚生孩子這種浪費資源的事情，要學會一個人怎樣生活，將生活的慾望盡量減少，使自己習慣一種倒退的生活。弱肉強食，適者生存。末世裏面能夠生存的，就是那些無慾無望的人，要一直令自己成為一個抽空的符號，學習讓自己「進化」，學習「適應」，學習「習慣」，對一切事情表現麻木，那麼生存能力就會提高。

軒不斷找兼職，讓工作佔據自己的時間。他做過麥當勞，做過大家樂，做過「七仔」；但發覺愈工作，只有愈貧窮。車費不斷加價，食物不斷加價，薪資沒有提升，他愈做愈窮。他讓自己所有時間都在學業和工作上，對年青同代朋友的事情漠不關心。在校內，軒忍受著讓自己以一個幽靈的狀態活著。其他人不理會他，他亦不理會其他人。軒一直以來，跟爸相依為命，兩父子咬緊牙關過日子。他們最

高興的事情，就是周日在英記茶餐廳一起食下午茶。

「呸！這些都是冒牌的英式奶茶！等我搵到錢，我帶你去文華東方，飲一次真正的英式奶茶。」

可惜，爸永遠沒有機會兌現這個承諾。

軒父生前朋友不少，帛金扣除了葬禮費用，竟然剩下一大筆錢，足夠軒的學費和兩年生活費，大抵大家都知道軒亡父後生活艱難。軒父死慳死抵，亦儲蓄了一筆金錢。這些金錢加起來不是很多，卻足以讓軒可以平靜生活幾年。爸爸歿後，軒一直過著平日的生活。他依然不關心校內事務，不關心社會動態，讓無法賺取生活費的兼職佔據時間與腦袋，保持著一種在香港逆境下強大的「適應力」。

這一年，大學的同學特別忙碌，社會紛紛亂亂。各種罷課的聲音響徹大學，軒希望繼續保持過去的平靜。很多同學批評他冷漠。是的，我本來是一個冷漠的人。冷漠不是一種罪。我沒有情感，我已經沒有條件去談情感了，在香港這樣的環境下成長，你們還想我能怎麼樣？

軒只想平靜地上課，但是課室都空了。學生都跑去罷課，無法上課。軒走入課室，課室內有幾位內地來的同學。在內地同學眼中，軒更顯突兀。他這個學期都沒有上課。上課的時間，都用兼職填塞混過。

軒一直以為自己可以這樣子熬過去，每個周日，他依舊獨個兒走去英記茶餐廳飲下午茶。一個波蘿包，一杯冒牌

「英記英式奶茶」。那是每周最難熬的一天,因為腦海中的,都是爸爸的一言一行。

直到有一天,他在茶餐廳碰到星叔叔,就像平靜的湖水,揚起了漣漪。

「你怎麼了?好似愈來愈瘦。」星叔叔說。

「不得了!你愈來愈似你老竇,連身形都一樣!」星叔叔說。

「過兩天,是你老竇死忌。你是他在世上唯一的親人,記得拜一拜,順道燒多些錢給他。他生前一天到晚只是工作,沒有享過福,希望他在下面多些錢使,好好享樂一下。」

爸爸死忌那天,軒請了假。那天,一如一年前的那天,暴雨連連。軒提著傘,街上的馬路幾乎癱瘓,連馬路上都是人。為甚麼街上這麼多人?大家提著雨傘,擠在狹窄的街道上,不怕風吹雨打嗎?街上很多年輕人,有幾個好似是軒的同學,軒不敢多望,低著頭,匆匆走過。看到的只是人家的鞋子,頸部這樣保持著低垂,一直走,一直走。當然這樣其實亦挺累的;不過,自己看不到人,人家便會看不到自己。軒堅信。

好不容易,軒終於到了公眾墳場,走到父親的牌子前。買來的紙錢沾過水,燒了好幾遍都無法燒到。軒不太懂,看過電視劇的人,把紙錢往空中亂撒,喊著死者的名字。「爸爸,收錢啦!」軒也模仿著做,把紙錢散滿一地。

「×××，你做甚麼？」一個管理員走出來，大聲責罵。「這裏是公眾地方，你怎麼可以這樣自私？」

軒最後用掃帚把紙錢送到垃圾桶，頭一直朝著地下，不敢看人。軒一直覺得自己是個大學生，是個有教養的人。雖然窮一點，骨頭是挺直的。父親自小寵愛，從來沒有受人斥責過。沒有想到拜祭父親，這點小事卻弄得一塌糊塗。離開墳場的路上，他一直低垂著頭。眼睛看著地下，頸項保持著低垂的姿態。一路走，一路走，他不敢抬起頭看到人，所以人家亦不會看到他。他堅信。

那天晚上，軒開始失眠。每個人都讚軒堅強，爸爸離去，一滴眼淚都沒有掉下。那種久違的情感，就像泉水一樣，在那個晚上突然崩潰了。軒開始同情爸爸，這樣一條生命，有甚麼意義呢？他開始在家中試穿爸爸的衣服，那些名牌衣服，是爸爸留下來最好的衣服。每逢飲宴，爸爸就會穿上這件Kenzo恤衫與牛仔褲，穿一雙Church's的皮鞋。平日爸爸都小心翼翼地放在櫃內。一直讓它們冷冰冰地躲在櫃內，太浪費了！軒想。

雖然日間他依然去上班，內心卻難以回復從前的平靜。軒的身體跟心靈，好似分割成兩個人。身體依然在殷勤工作，心靈卻分裂出來了。我看到你在做麥當勞，你的臉上擁有一個虛偽的笑容，口裏背誦公司教的口訣與公式；我卻飄在麥當勞的天花，看著時間在漫步。你向著客人介紹不同的餐點。我看著你身上的衣服，衣不稱身，好似馬戲團

裏的小丑。你的嘴巴比平日裂開更大，你的雙眼放大，拼放光采，你的頭髮都被熱情染紅，變成鬈曲，怎麼你愈來愈似一個麥當勞叔叔？我愈看你，愈覺得陌生。你卻忙得連飲一口水的時間也沒有，長龍之後是長龍，長龍之後是長龍。我想起木偶，主人拉一根線，木偶便跟著動。木偶的嘴巴笑得燦爛，卻是沒有……

眼前忽然出現一個三層高的糕點，每一層都是十分精緻的小餅，有鹹的，有甜的。那個盛載的銀器閃閃發亮，軒感到眼睛彷彿也發亮了。

侍應放下一個白瓷茶壺，還放下一個盛載熱奶的銀器。杯與碟，是同式花款，精緻優雅。忽然想起一個傳說，相傳英國宗室發現中國骨瓷技術高超，而且具隔熱功能，經過英國技師模仿改良，反而成為了英國傳統文化。色澤是多麼的耀眼亮目，充滿藝術品味。在白瓷上雕畫的綠花，還有金漆鑲邊，華麗高貴。軒吞嚥口水，呼吸有點急，沒有餘閑瞥一眼那侍應。眼前是傳說中的英式奶茶！爸生前念茲在茲的正宗英式奶茶！

先放一些茶，茶香芬芳撲鼻，色澤濃而清，並不是英記所見的那種死啡色。茶盛滿了七分，軒取來熱奶，加注進花杯之中。奶是熱的，銀器也是燙的。但是手挽之處，細心的用一小塊白布包裹，不會燙手。熱奶一碰上了茶，顏色馬上化開來，茶變成雲彩一樣多層次。隨著小匙羹的攪動，色澤慢慢由濃淡相爭，變得穩定下來，變得色香光澤。

軒送茶入口，只覺清香淡薄。茶香與熱奶，甫入口中，似散還聚，欲離又合，奶中有茶，茶中有奶。奶茶奶茶，吞嚥入喉，舌尖乾麻，餘韻有勁，恰似茶勁跑上腦門，整個人為之精神一振。呼一口氣，亦有茶香。茶餅沾上一點牛油，加一匙新鮮果醬，那些乾巴巴的茶餅，好像天生要與英式奶茶是一對鴛鴦。喝一口茶，吃一口餅。茶的味道，再度昇華。

軒不斷吃，心裏很是歡快，卻又無故淚流。看著眼前的英式奶茶、精緻的茶具、小巧的美點，還有對面空空的座位。驀然回首，前塵往事，霎時頓悟。過去父親說過的話，好似一下子變得清楚明白。過去一直慣了的味道，原來都是假的。

翌日醒來，軒辭掉了所有無謂的兼職。他開始讀報，他對香港的事情充滿興趣，他對國際的事情充滿興趣。周末，他到百貨商場，買了一套英式茶具，買了一盒英式奶茶茶葉，又到超級市場買了一盒鮮奶。

夕陽餘暉，落盡之前，他破例了，沒有光顧英記茶餐廳。他坐在窗前小桌，把熱水放入茶壺，讓熱水把茶葉的味道慢慢釋放出來。待一會兒，再慢慢將熱茶放入茶杯。他最喜歡看到的，是奶混進茶裏，出現的茶色變化。呷一口正宗的英式奶茶，一邊看電腦的網上新聞報道。

不知誰在專欄上，提出了一個有趣的問題：「如果你是亞當，再給你一次機會，你仍會嘗試分辨善惡樹上的禁果

嗎?你願意一世人傻裏傻氣地活在一個善惡不分的世界,還是甘於顛沛流離地在邪惡的世界裏尋求真理呢?」軒讀到這裏,不禁會心微笑。再呷一口奶茶,黃昏將盡,逐步步向黑暗,熱氣漸退,涼意襲來。舌底餘溫,歷久不散,心頭霎然慕起,一陣茶暖。天上顏色,似屢入鮮奶之後,經過一番色彩的翻騰、競逐,逐漸渾然而成,茶色。

黃勁輝，電影《劉以鬯：1918》(2015)及《也斯：東西》(2015)導演（台資「他們在島嶼寫作」系列2）；曾經憑電影《奪命金》(2011)劇本，榮獲台北金馬獎「最佳原著劇本」、香港電影評論學會「最佳編劇」、華語電影傳媒大獎「最佳編劇」，亞太影展「最佳影片」。較早期參與的劇本，包括《鍾無艷》(2001)、《辣手回春》(2000)等。著有短篇小說集《變形的俄羅斯娃娃》(2012)、《香港：重複的城市》(2009)等，編著《電影小說》(2014)等。黃氏是山東大學哲學博士，香港大學哲學碩士，學術著作有《劉以鬯與香港摩登：文學・電影・紀錄片》(2017)，並曾合編《劉以鬯作品評論集》(2012)。「文學與電影」叢書（香港大學出版社等）主編及策劃，出版四本。

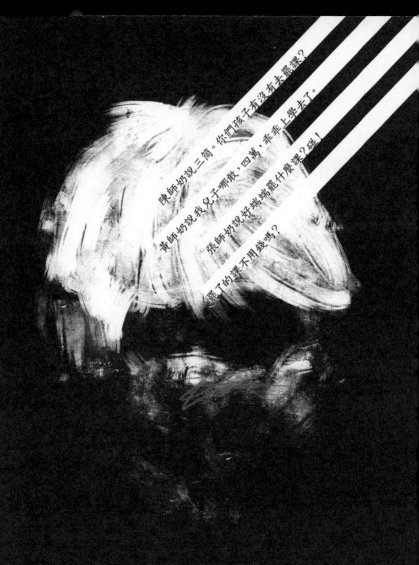

陳師奶說三個。你們孩子有沒有去罷課？

黃師奶說我兒子哪敢，四萬，乖乖上學去了。

張師奶說好端端罷什麼課？哂！

罷了的課不用錢嗎？

戴善衡

常

第一章　學生妹

31.8.2014（日）

　　如果要葉蕾形容自己，她會說自己是一個極為普通卻又與眾不同的女初中生。

　　作為這麼一個極為普通卻又與眾不同的女初中生，葉蕾不喜歡同齡人喜歡的東西。葉蕾不喜歡韓國歌曲和劇集，她鍾情台灣的盧廣仲。葉蕾不喜歡卡啦OK，一群人在狹小的房間裏亂叫亂跳是極無聊的事。葉蕾不喜歡情情搭搭的肥皂電影，那些為愛而愛的主角噁心死了。葉蕾還不喜歡自己的名字，父母總喊她蕾蕾，像囡囡，小孩子似的。

可有時候，葉蕾還是聽韓語歌、唱卡啦OK、看唯美電影。也有時候，葉蕾喜歡父親跟母親喚她蕾蕾，在她想當孩子的時候。極為普通的葉蕾一直把與眾不同的葉蕾放在心底。她想變，卻不敢變，怕別人說她變──變差了、變壞了、變討厭了。每次在百無聊賴的時候，葉蕾心裏總襲起一股空洞無依的感覺，彷彿在整個城市裏，葉蕾最寂寞。

暑假最後一天，林燕怡約了葉蕾到旺角中心逛街。商場路窄人多，人逼著人往前行，葉蕾只好翻著白眼走。逼到某店門口，林燕怡看中了一件蛋黃色的襯衣。葉蕾想那襯衣看起來是不錯，可是這些量產的款式總會與別人相撞。林燕怡買了，後來又買下一條裙子三雙襪子兩件背心一條圍巾一個背包，葉蕾都沒看上眼。離開的時候，她們經過一間裝潢華麗而款式獨特的服裝店，裏面沒幾個人，都是些打扮成熟漂亮的女性。葉蕾想將來有了錢，也只想在這類地方買衣服。

旁邊一間連鎖電器店裏，大大小小各式厚薄的屏幕都播放著一同張韓國女子組合的演唱會影片。畫面時而以近鏡拍著歌手的五官，時而又以廣角展示歌手的長腿。林燕怡盯得死死的。這些歌手都被包裝得一式一樣，有甚麼漂亮可言？葉蕾不喜歡他們佔紅了香港大半邊天，所有的人都熱衷於此。葉蕾別過頭，留意到遠處一個小小的屏幕。

「……今天是中共中央全國人大常委第七天會議，將繼

續就香港政改報告進行討論……」

葉蕾站著良久，把整段新聞看完。最近普選的事吵得鬧哄哄，葉蕾聽聞過，卻不太明白甚麼八三一、佔中、三子這些字詞。

1.9.2014（一）

整座校園的學生迷憺的從假日醒來。作業交了，書簿派了，話也訓了，漫漫一天就過去。下課以後，幾個同學拉著葉蕾到附近寶琳邨的快餐店去閒坐。快餐店的食物雖難以下嚥，任人坐個半天卻是一大優點。林燕怡昨天就見過面，而兩個月沒見的潘玲變得黝黑，蔡芷姍竟又長高一點。

「潘玲，我在 facebook 上見到你到泰國旅行的照片，怪不得曬黑了。」

「是呀，泰國倒挺好玩的。你呢蔡芷姍，怎麼又高了！中三了竟還能長！」

「別說了，我也不想把林燕怡襯得太矮的嘛！葉蕾呢？」

「我沒到甚麼地方去，就昨天跟林燕怡逛了一會旺中。」

「我也超想逛街的……對了，那個韓國男團昨天到香港來了！超帥的！」

「真的假的？怎麼沒看到消息啊？早告訴我，我到機場去嘛！」

「你沒有看他們的粉絲專頁嗎?」

葉蕾沒有搭話。這樣的對話無聊頂透。

「話說這些天facebook充斥了甚麼八三一、三子、佔中一堆字詞,真有點煩,我又不知道是些甚麼。」

「我只知道九月底會罷課,剛才下課時有幾位師兄師姐在偷偷派單張。」

「聽說是人大常委會規定了特首的提名委員會由一千二百人組成,得到過半數支持便可成為候選人,而候選人數約二到三人,完全沒有達到普選的要求,所以才討論得那麼激烈的吧!」

葉蕾想起了那天看到的新聞,按她聽來的訊息說著。

「厲害吶葉蕾!都記下來了!」

「很清楚!」

「很留意時事噢!」

瞧著同學崇拜的眼光,葉蕾有點喜歡上這樣的聚會了。

9.9.2014 (二)

每個星期三放學後,葉蕾都得補習英語。說實在話,沒甚麼作用。那補習天王自以為風趣,說些有的沒的充時間,竟還真有人發笑。他教的都是一些旁門左道,學生只要在

考卷上寫到合用的東西，誰理是懂了還是沒懂呢？歸根究柢，還是這個教育制度養出的壞根子。

......The three leaders of Occupy Central with Love and Peace had their head shaved today at 3pm. In three hairdressers' hand, Benny Tai, Chu Yiu-ming and Chan Kin-man turned into skin head to show their aspirations......

把電視扭得這麼鬧，生怕沒有人聽到它在播英語台似的。葉蕾認得中間的三個人是「佔中三子」。他們在眾人面前把頭剃得光禿，真有勇氣。

回到家裏，葉蕾的母親正在客廳抹地，葉蕾提起腿跨了過去。母親預備了蛋糕當茶點，葉蕾喫了，回到自己的房間裏。葉蕾這次的房間的地面鋪著一層彩色的、軟綿綿的膠地墊，是自己的設計，彷彿圍起了自己獨有的世界。葉蕾懷念小時候到公園玩的日子，遊樂園獨有的陽光曬著膠地墊的味兒，混和著草木散發的氣息，永遠是葉蕾最喜歡的味道。不一樣的膠地墊，保存了葉蕾相同的記憶。葉蕾但願自己永遠是個孩子，又希望不再是個孩子。

葉蕾把作業拿出來寫了一會，沒趣了，就擱在邊上，拿出手提電話上網。各式網站都在討論同一件事，鬧得火熱。葉蕾每一個貼文都仔細閱讀，愈看愈亢奮。其中一個貼文正收集網友的「誓言」，已積累幾千幾萬個留言，她也留了個言。

「我要真普選，人大撤回八三一決定！」

26.9.2014（五）

葉蕾終於等到中學生與大專生一同罷課的這天。她一朝醒來，搣著鼻子，悄悄打了電話到學校請病假。她是從來不敢的，現在卻為著自己的反叛感到異常興奮。葉蕾坐地鐵到了金鐘，一路上都是黑衣的同路人，葉蕾想自己也就像個大學生。

葉蕾第一次到這種場合。現場的每一個黑衣人見到她都投以鼓勵的目光，有人替她別上了一枚黃絲帶別針，有人派給她貼紙和單張。葉蕾跟著別的穿著校服的人走到立法會門外坐下，那個有名的黃之鋒就在最前面的位置，葉蕾第一次見到，像是遇到了大明星。

葉蕾的手提電話突然響起，是母親。葉蕾慌了，不敢接，卻又怕母親擔心。葉蕾是獨生女兒，父母視她如花蕾般脆弱珍貴，要是他們知道葉蕾罷課，會覺得她是壞孩子嗎？學校會讓她退學嗎？驀地所有人都站了起來，喧天叫地喊著口號。葉蕾趕忙收起電話跟著站起，高舉手，一同叫喊。

「罷課不罷學，到廣場上學！」

「反對人大落閘，勢爭公民提名！」

「我們的未來，我們會奪回來！」

大半天過去，聽了些甚麼，葉蕾其實都記不清，可那種

心底的餘溫仍然繞著葉蕾在轉。按照中學的日程表，葉蕾
該回家去了。

「回來了？茶點在桌子上。今天課上得怎麼樣？」

「還好，就有點累。」

葉蕾的母親一如往日的打掃，沒有問起那通電話。葉蕾
把身上最後一枚貼紙給撕下，藏了起來。

晚上一家三口圍著吃飯，飯後母親到廚房洗碗，父親去
了洗澡，葉蕾呆呆的在沙發上看電視。不知道父母有沒有
留意新聞？這麼大的事，總會知道吧？他們會支持葉蕾嗎？

「……特別新聞報導，集會近尾聲時學生領袖黃之鋒上
台發表講話，發起『重奪公民廣場』，部份參加者衝入公民
廣場，大批警員堵截及與參加者衝突，警員一度施放胡椒
噴霧及亮出警棍，情況混亂……」

驀然間電視畫面直播著一群人爬上鐵閘，一堆警察手中
噴出了白色的絲，接觸到的人都在哭叫，葉蕾的大明星被
抓住了。葉蕾睜著雙眼，説不出話來。幾個小時以前，她還
在那裏安坐著，喊著一遍又一遍的口號，那陣熱血流過葉
蕾全身，而血正流在屏幕上的人的全身。葉蕾的父母剛好
出來，看到了這一幕。

葉蕾拿出手提電話，網路上已是眾説紛紜。

「坐喺到有用嘅，今次就衝得岩啦！攞番公民廣場！」

「難得唱完K都真係做到嘢!」

「班和理非肯定即刻Hi衝嗰班。」

「我阿爸阿媽就係和理非,即刻鬧爆班人……」

葉蕾留了言。

「五日積累嘅和平形象咪有晒囉?我唔想父母反感呀……」

「Hi Hi咁你哋繼續係屋企和理非等阿爸阿媽醒啦!」

葉蕾一直盯著電話,腦子裏閃過無數念頭。

28.9.2014 (日)

葉蕾昨晚沒睡,徹夜看著事態發展。許多人留守金鐘,許多人與警察對峙,許多人送去一車又一車的物資。晨光漸現,葉蕾的父母都起床了,三人一塊用早飯。

「蕾蕾,現在社會很亂,不過你要怎麼做,我們管不了。」

葉蕾的父親一邊喝著咖啡一邊說。葉蕾不敢抬頭。

「只是你要好好想清楚,你為了甚麼去作。」

葉蕾的母親接著說。

葉蕾沒有作聲,一直咬著手上的多士。或許,葉蕾的父母真的知道她去了罷課。或許,他們願意接受不一樣的葉蕾。

或許，他們都支持葉蕾。葉蕾回到房裏躺在膠地墊上，望著那貼在床邊的貼紙。過了半晌，葉蕾走出了房間。

「爸、媽……」

第二章　師奶

31.8.2014（日）

胡麗娥總是家裏最早起的那個，因為胡麗娥除了是胡麗娥，還是最稱職的李師奶。

胡麗娥從睡房走到浴室刷牙洗臉，見晨光漸烈，心頭當下舒暢，馬上把洗衣籃往洗衣機挪去，把麻質的棉布的尼龍的纖維的背心和恤衫和裙子和褲子逐件丟進洗衣機。胡麗娥最喜歡陽光，因為日照充足衣服便容易晾乾，被太陽燙過的衣服才不會有味兒。衣籃裏翻出來一條桃紅色的牛仔短褲，胡麗娥蹙了蹙眉，定是女兒新買來的。淨會花錢！滿櫃子五顏六色的還不夠穿，又買來一條只蓋到屁股的褲子，白白的兩條大腿都給露出來，別人見了要說沒教養的。胡麗娥年輕時也喜歡桃紅色，卻從沒有穿過這樣短小的褲子。便於做家務與買菜，胡麗娥沒有太多漂亮的衣裳，

若非重要場合，她穿的幾乎都是些鬆垮垮的印花汗衫。丟進最後一件衣服後，她倒下一匙洗衣粉，開動洗衣機。**轟轟轟轟轟轟轟轟轟**。早想要換一部安靜點、高速點的洗衣機，丈夫硬是不願，真不知他錢要花到哪裏去。

時鐘搭正十點，胡麗娥扭開了收音機。

「……每個人都會病，將來到我年紀大了，我希望我的兒子會陪我看醫生，坐下來陪我聊天……」

這是胡麗娥週日最愛聽的節目。她喜歡那些談兒女教育的，還有家庭關係與居家智慧的，說的都很準、很對她口味。這時丈夫醒來了，兒子也醒來了。胡麗娥到廚房穿上圍裙，拿出花了三十二個印花再加九十九元才換回來的平底鑊，做了四碟子的蘑菇奄列，另外烘了麵包，連著果醬及刀叉一併攔到飯桌上，三個人吃得很滿足。

轟轟轟轟轟轟轟轟轟。驀地另一把噪音與洗衣機搭配起來。觀塘外頭正在起樓，已經喧擾好幾天了，胡麗娥只好關上窗子，把收音機的音量扭得更大。女兒被吵得醒來，竄到浴室裏去。

「……今天是中共中央全國人大常委第七天會議，將繼續就香港政改報告進行討論……」

對胡麗娥而言，星期日是一星期的第七天，而第一二三四五六天跟第七天並沒有分別。她取出掃帚來，傴僂著背，從女兒的房間到兒子的房間到她和丈夫的房間到洗手

間到廚房一直掃到到客廳。因為外頭的灰塵的關係，才幾天的日子便已積下不少污垢。房子果然不能沒有人打理。許多沓亂的髮絲與塵埃交纏一起，結成黑壓壓或灰蒼蒼的一團絲，像一堆死去的蟲子的腿。驀然，胡麗娥發現當中夾有數根白髮。

等到一切都安靜下來已幾近中午，胡麗娥拿來一堆衣架把衣服次第勾起，又揪出了那桃紅色的牛仔短褲。胡麗從沒有穿過這樣短小的褲子，別人見了要說沒教養的。不一會兒，主人房的窗邊便鑲滿水涔涔的麻質的棉布的尼龍的纖維的背心和恤衫和裙子和褲子。這時女兒換了衣服畫了妝，瞥了那盤早已冷掉的早飯一眼，拋下一句「不吃了」便出門。女兒總是不黏家，客廳似乎只是她進出自己的世界與外面的世界的必經之路。不曉得她整天在外幹甚麼。胡麗娥怔怔地把那碟子用保鮮紙包起來的時候，外頭的地盤工人已經吃飽午飯了。

9.9.2014 (二)

胡麗娥在魚檔買了尾黃腳鱲，在菜攤買一斤菜心、一根蓮藕，在豬肉店買了十元豬骨。走著走著，胡麗娥遇上了黃師奶，黃師奶穿著桃紅色蕾絲裙子，露出兩條白皙小腿，下面連著一雙幼跟子的高跟鞋。還真誇張，街市地面濕漉漉的可不好走，要是滑到了真可憐她不下！想想自己年紀多

大了，桃紅還真是年輕的才配的好看。胡麗娥年輕時也喜歡桃粉紅色，還在寫字樓工作的時候，她第一次掏錢買的便是一套桃紅色的連衣裙，不是女兒那樣沒教養的短褲。那是她自工廠時代之後找到的第一份、也是唯一一份的工作。念完小學，母親讓她兼職工廠女工幫補家計，便改念了夜校。中五畢業後胡麗娥的朋友都紛紛成為白領，於是胡麗娥也在一所寫字樓任白領，一做便是十年。胡麗娥與丈夫是同事，見他穩重，別人都説他「擔屎唔偷吃」，也就嫁了。還記得婚宴擺了二十圍酒，算是有模有樣。婚後兩年生下女兒，便辭了工全心留在家裏。

黃師奶説李太李太，陳師奶與她丈夫吵大架。黃師奶説李太李太，她那跟胡麗娥的兒子同齡的孩子今年升讀精英班。黃師奶説李太李太，張師奶上瑜伽班練出了一條纖腰。黃師奶説李太李太，人大會議好像通過了甚麼。黃師奶説李太李太，新開張的永記豆品的軟豆腐夠香滑。於是胡麗娥買了一磚永記豆品的軟豆腐，又到附近一所補習社取了數張課程表，補習社開著的電視機正播著英語台的新聞報導。

......The three leaders of Occupy Central with Love and Peace had their head shaved today at 3pm. In three hairdressers' hand, Benny Tai, Chu Yiu-ming and Chan Kin-man turned into skin head to show their aspirations......

胡麗娥聽懂一點沒聽懂一點，只覺電視上那群剃著光頭的人真逗笑。這裏的英語學習環境大概不俗，胡麗娥感到非常滿意，想像著兒子明年説著一口流利英語升讀精英

班，幾年後升上大學，在社會找到一份收入豐厚的工作。

晚上，在家的四個人都沒有動那盤豆腐。丈夫說豆腐一點也不滑口。豆腐一點也不滑口。兒子說豆味也不夠。豆味也不夠。女兒罕有地沒有意見，只管一邊掃手機一邊急急喫飯。吃太快胃會壞的，那電話裏有甚麼非看不可，就不能好好吃頓飯？

26.9.2014（五）

接到師奶們的屈事鴨群組訊息後，胡麗娥便到了黃師奶家。陳師奶和張師奶都已經到了，她們合力把麻將桌打開來，把一顆顆的牌子倒在上面。好久沒見，張師奶的腰果然削了一圈，原來的肚腩也不復見。胡麗娥瞅了自己的腰一眼，暗忖改天也要去學瑜伽，生了兩個孩子後，身材早已不復少艾時的曼妙。陳師奶手上套了一隻新的鑽石戒指，說是她丈夫送的週年禮物，大概二人已經消氣。丈夫當年求婚，並沒花錢買一束花。黃師奶端出來一盤自家製的餅乾，少不了奉承兩句，儘管胡麗娥認為自己做的要好吃得多。陳師奶說三筒。你們孩子有沒有去罷課？黃師奶說我兒子哪敢，四萬，乖乖上學去了。張師奶說好端端罷甚麼課？碰！罷了的課不用錢嗎？陳師奶說表達訴求嘛，好像有大學講師來給他們教書。二索。黃師奶說碰！怎樣也好總算是乖乖的坐著，不搞破壞。說起來上星期有沒有看那套劇集……

四圈過後，陳師奶收穫最豐，意氣風發，笑說下次請大

家飲茶。胡麗娥卻輸掉七十塊錢,滿肚子的怨氣。從黃師奶家出來後,胡麗娥到了街市。不會再光顧永記豆品了。胡麗娥在豬肉檔買豬肉,從零錢包裏掏錢時,不為意滾出一個五元硬幣來,一直滾到看不到的地方。於是這天晚上,胡麗娥一家除了女兒之外都少吃了五元豬肉。

「⋯⋯特別新聞報導,集會近尾聲時學生領袖黃之鋒上台發表講話,發起『重奪公民廣場』,部份參加者衝入公民廣場,大批警員堵截及與參加者衝突,警員一度施放胡椒噴霧及亮出警棍,情況混亂⋯⋯」

胡麗娥搖搖頭。本來不是安靜的坐著的嗎?不管爭取甚麼,和平就好,何解非要弄出混亂來?年輕人應該多念點書,努力工作,將來再慢慢改變也不遲!現在這樣既無作用,又讓人擔心,完全不理會家人的感受。幸好兒子乖巧,倒是女兒總讓胡麗娥頭痛。胡麗娥瞟了掛鐘一眼。真不曉得那衰女在外幹些甚麼。

胡麗娥整夜沒睡好。

28.9.2014(日)

胡麗娥早上一開手提電話,海量的屈事鴨訊息便蹦了出來,大概已轟炸了一整夜。訊息夾著許多圖片,都是些警察與示威者對峙的場面,示威者戴著口罩呼喊、警察用力揮著棍子,無數受傷的臉容刻在圖中,雙目憤恚如火,燒得他們的麻質的棉布的尼龍的纖維的背心和恤衫和裙子和褲子

都染了血的墨紅，點點斑斑的白色液體濺在其上。胡麗娥曾嗆過胡椒粉，感覺已是頂難受。胡麗娥看著心就疼，彷彿他們是自己兒女。

胡麗娥一邊掃地一邊盯著現場新聞，幾萬的人湧到金鐘街頭，處處是攻防陣營。只見胡麗娥的女兒驀然出現在電視屏幕上，一秒即逝，胡麗娥的手當下停住了，滿臉驚詫。是她嗎？這衰女怎麼在那樣危險的地方！會死人的，不被棍打死也要被人踏死了，她腦子裏到底在打甚麼主意！

胡麗娥趕忙撥打女兒的電話號碼。昨天早上才回家，出門後又整晚沒回來，原來在外頭廝混。現在被電視拍到，要是被人認出前途便要毀了。外頭亂得不成樣子還走出去，有甚麼意外誰來救她？

胡麗娥再撥打女兒的電話號碼。胡麗娥想起那些圖片，彷彿嗅到了血的味道。或許是人有相似，認錯了？是她嗎？女兒只是不愛留在家，到底也是個好孩子，再壞也不會搭上這種勾當的。

胡麗娥再撥打女兒的電話號碼。胡麗娥的手抖震起來，眼眶裏嚙著淚水。該不會出事情了吧？

胡麗娥再撥打女兒的電話號碼。只求她平平安安，趕快打電話回家⋯⋯

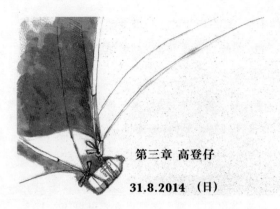

第三章 高登仔

31.8.2014 （日）

秋田犬：〔調查〕邊個會去學界大罷課2014？🐷

三眼神童：又到左膠和平表達民意嘅時候喇？有冇學界大罷課2015、2016、2017、2018去到2046？

家燕爸爸：廢青罷課，政府尿已賴 😴😴😴

美女2號：召集所有大專生，到時集會加埋唱歌跳舞感人宣言一定好開心 😈😈

深山高手：又有人喺FACEBOOK收集真普選宣言，真係好向左走向右走好笑 😜

　　譚浩然關上電腦下樓去，打算喝點甚麼提神。他已經習慣徹夜不睡，上網直到翌朝。譚浩然在便利店內轉了一圈，打開飲料冰櫃，取出一瓶烏龍茶。付款的時候，他對店員說了聲謝謝。譚浩然的父母從小教導譚浩然要做好孩子，要有禮貌，對補習老師要說謝謝，對畫畫老師要說謝謝，對籃球教練要說謝謝。從小到大，譚浩然都跟著父母安排

的路走，學這樣、幹那樣，網絡是他唯一不受管束的地方。踏出店門，太陽曬得正酷，他趕忙瞇上兩眼，舉起烏龍茶擋在眼前。飲料的倒影半透著晨光，褐色的茶搖晃不定，滲出淡然的色調。

22.9.2014（一）

三眼神童：〔狂賀〕喺中大經過見到罷課嘉年華，唱歌叫口號好向左走向右走開心！

深山高手：我都喺中大，唔小心走堂變陪左膠罷課

譚浩然在宿舍一直睡到三竿時分，瞟瞟鬧鐘，已經睡過兩課，最後一課還餘半小時。譚浩然想反正上了課也是聽不懂，便再躺了半小時才施然起來。

唔係派膠：今天我──

乾炒牛河：啲字有聲嘅

深山高手：頭先落到百萬大道，朋友話大台講嘢好有見地，搞到我食住雞髀都聲淚俱下，喊住口跳舞叫萬歲 仲開心過之前反國教罷課！

肚子餓了，譚浩然套上拖鞋，從宿舍直走到飯堂。

「⋯⋯我們不是在政權的框架下反抗，我們是在挑戰整個框架。罷課是一種抗爭的手段，以學生傳統的感染力去號召更多的市民起來抗爭，把政治運動的戰場移到整個社區之中，不再局限於議會⋯⋯」

經過百萬大道便到了飯堂，菜單已經換成了下午茶。譚浩然點了豉油雞腿、炸薯條和可樂。

「罷課不罷學！」

微弱的聲音從百萬大道一直傳來。譚浩然用紙巾包著雞腿露出來的骨，手拿起來緩緩咬下，又用叉把蘸了茄汁的薯條放進嘴裡。這時候譚浩然的一位同學走了過來。

「譚浩然！罷課嗎？」

「哈哈，也算是吧，缺了課。」

「我剛聽了一會，那些人說話挺有見地。」

「是嗎？我待會也聽聽。」

「罷課不罷學！」

譚浩然啜了一口可樂，冰涼的氣體直入胃部。

「今天我寒夜裏看雪飄過……」

譚浩然跟他說了再見，把盤子放到收集架上。百萬大道仍然鼎盛沸騰，人並著人坐著，頂上一把把五顏六色的傘子阻隔烈日。有人派黃色的絲帶給譚浩然，譚浩然說了聲謝謝。要做好孩子，要有禮貌，要對爸爸說謝謝，要對媽媽說謝謝，要對哥哥說謝謝。父母說待人接物要這樣、不能那樣，譚浩然不能有意見，漸漸成為了面面俱圓的好孩子。

唔係派膠：我淨係聽Talk，嘉年華咪向左走向右走搞我 🐱

深山高手：香港人淨係識呢啲嘅咋，平日咁忙邊有時間，年年去六四集會洗下腦就算 😊👍😊👍

　　譚浩然把那條黃色的絲帶隨手放在書枱上，枱燈靠著煞白的牆，牆上貼著幾張上學時間表和學費單據。高中畢業後，譚浩然念了兩年副學士、三年大學，下學期後便進入社會。對譚浩然而言既是解脫，又是苦難的開始。畢業之後，要開始找沒前程的工作，存儲不到錢，買住不了的樓。譚浩然即將踏進人生不復往返的循環，因為他不是哥哥。譚浩然升讀大學的時候，哥哥已經從金融管理系畢業。

26.9.2014（五）

乾炒牛河：〔聲援〕坐喺到冇用嘅，今次就衝得啱喇！攞返公民廣場！🚌🚌🚌🚌

珍寶珠：難得唱完K都真係做到呀！👍

美女2號：班和理非肯定即刻Hi衝嗰班 👺👺👺

小菲象：我阿爸阿媽就係和理非，即刻鬧爆班人 👹👹

　　譚浩然的父母現在會有甚麼樣的反應呢？譚浩然不在乎。從譚浩然念副學士開始，父母對他的人生不再有意見，也很少與他說話。現在他真正有了自由，卻覺得失去了父母的所有關注。他們不再需要譚浩然，因為哥哥已足夠讓父母滿臉榮光了。住進宿舍後，譚浩然便極少回家，父母對此也沒有意見。因為哥哥已足夠讓父母滿臉榮光了。

雨多田光：五日積累嘅和平形象咪冇晒囉？我唔想父母反感呀……

譚浩然見著這種沒大志的網民只想發笑。深山高手要的是一個志願更宏大、更自主的世界，而這個世界不需要這些黏在父母腳邊的幼稚園生。

深山高手：Hi Hi咁你哋繼續喺屋企和理非等阿爸阿媽醒啦！

28.9.2014（日）

珍寶珠：〔戰況〕各位巴絲有最新消息請喺到講低！

乾炒牛河：靠晒你地分析現場情況啦！😆😆😆

深山高手：請各位前往金鐘、中環、灣仔一帶增援，反包圍警犬！夏愨道出事嘅話向中環方向撤！

一連兩天的週末譚浩然都留在宿舍，依舊一邊開著現場直播頻道，另一邊廂開著討論區，與其他網民不住地分析「戰情」。譚浩然打開網路地圖，擬定出各樣的攻防路線，分析各項情報，提出不同的建議。譚浩然覺得這是機會，讓世界重新開始的機會。

認住金寶鐘：各位巴絲出金鐘電話記得叉足電，現場要水、口罩、眼罩、遮，出緊嚟嘅巴絲麻煩幫手買物資Thx！

家燕爸爸：唔知幾時清場，各位巴絲要堅持

深山高手：等清場？搞反包圍就淨喺包圍，成班Hi Hi就咁企定定喺到有咩用呀？衝乜班警察啦 🚁

　　直播畫面上解像度極低的小人一大群坐在路上，絲毫不動。那些人衝前的話便有機會打開缺口，可是他們沒有。譚浩然焦急了。

唔係派膠：拍晒片上網話自己冇衝、冇出手打警察做咩向左走向右走嘢？唔出手咪畀警察Hi囉！

美女2號：和理非預左畀人嘖啦，拍片上網拎光環

魯木斯：真心問，你哋成班鍵盤戰士有邊個有出去？又話撐勇武，又要人衝，現場又唔向左走向右走見你哋喎？

無心插柳：做法唔同就畀人Hi係左膠

開心舞：有人畀人拉左就話人又要型又要威，咁啲豬點解唔見你哋自己出去衝？🙂

　　譚浩然讀著這些留言。

深山高手：你班Hi Hi，唔係我哋你哋點知咁多消息？

魯木斯：係巴打嘅就一齊出去，多個人多分力，咁先最有用呀！

　　譚浩然看著現場直播頻道，一片洶洶人群密佈在中環金鐘灣仔一帶的街道，每個人都舉著傘，午後陽光猛烈照著，空隙卻小得容不下影子。猛然各處爆發衝突，一堆又一堆的傘子向防線推進，消失，另一批傘子從後趕上，再次消失。呼喊聲從喇叭傳出，卻恍如從四方八面迎向譚浩然。

美女2號：夏愨道舉左黑旗！

第四章 大叔

31.8.2014（日）

踏出便利店的唐森腋窩下挾著三份報紙。來到君好酒家，他坐到角隅一個位子，點了一盅鳳爪排骨飯，一壺鐵觀音。他往杯子倒茶，呷了一口，然後打開報紙，先看東方，再看蘋果，後看明報；先看財經，再看國際，後看港聞。

……藍籌龍頭中移動中期盈利按年雖倒退至577.4億元人民幣，仍較預期佳，設備股京信通信累升三成……中移動快要成為內地發售iPhone6的網絡商，加上內地要推行4G，下半年股價必升，改天去買一把回來……敘利亞戰火波及和以色列有主權爭議的戈蘭高地，與恐怖組織阿蓋德

有連繫的回教激進組織『努斯拉陣線』，昨日包圍來自菲律賓的聯合國維和部隊，爆發槍戰……全都轟掉就好啦，煩不煩的……預料『佔領中環』行動一觸即發，人大常委會副秘書長李飛同日晚上抵港，警方在金鐘及中環一帶放置數千個鐵馬戒備，部署逾七千警力……✕，現在是六七嗎？有甚麼大場面我沒有見過？可佔領又有甚麼作為？政府是不值幫，談了那麼多年，普選仍是空話。不過要是有才，應該到政府內部工作，幹出成績來，而不是抱怨！

那時唐森是一所小小的地產代理公司的老闆。每天早晨回到辦公室，唐森總會花上半小時閱報，先看東方，再看蘋果，後看明報；先看財經，再看國際，後看港聞。安穩過了十數年，抵不過金融風暴，終究一切歸夢。公司倒閉後，他曾在一所投資公司任小職員。一群人幹不出成績來，唐森因為年紀老邁、書念的少，一直沒有晉升的機會，幾年後，被解雇了。報紙一角正打著瓶裝烏龍茶的廣告。現在的人就喝這些稀淡的化學品，還以為方便好喝，都不知道花時間炒過新鮮滾燙的濃茶的滋味！唐森又呷了一口濃茶。

「唐老闆？」唐森抬頭一望，差點沒認出黎寶強來。

「噢，阿強呵！多少年沒見了！看你發福不少，過得可好？」

「哈哈還過得去吧！可沒有當年在你那兒工作時過的那樣豐了！要不是朋友介紹我到美國進修，我也不會換職了。確幸現在日子還不賴。」黎寶強笑著撥了撥額前油膩的頭

髮，髮絲飄動一下，便又軟趴趴地貼下來，右手戴著的一塊勞力士反射了天花的燈光，直照唐森臉上。

「唐老闆你呢？應該發財得很了吧，卻瘦削了不少！怎麼一個人喝悶茶？」

「發財可說不上啦，日子叫過得舒適吧！我先來找位子，見餓便先點了菜。太太、兒子、兒媳跟孫子過會兒便到——兒媳年輕愛漂亮嘛，還在打扮！」

「大家都兒孫滿堂了呢！先說到這兒吧，太太都要嘮叨了，待會要接兩個孫子到海洋公園玩去。這是我的卡片，過些天出來敍舊敍舊吧！」

「哎呀呀今天一早出門忘了帶名片，下次再補給你。你們玩得高興點，下次飲茶！」

黎寶強揮揮手往門口走去，他的太太在門外侯著，多年沒見，雖然衰老不少，反添了幾分風韻。唐森想起了自己的太太，唐森很愛她。他的太太曾經是最漂亮的女人，唐森至今仍記得初次見面她那婷婷嫋嫋的身影，烏黑滑溜的雙眼帶著幾分羞赧。太太發病以後，唐森每日早晚到醫院照顧她。太太曉得家裏的錢不夠長期住院，便搬回家裏休養，適時到醫院做化療。太太對唐森說還是家裏住的舒服，我也想家了。唐森沒有說甚麼，也不能說甚麼。

唐森漸漸不願留在家裏，白天總四處亂竄。看著太太因病而衰的臉容，凝視著他時孤苦無力的眼睛，總讓唐森想

起自己的失敗。唐森有一個兒子，早成家了，搬走以後，一家人唯一的交集便是兒子定時從銀行戶口匯給唐森和太太的微薄家用。

黎寶強夫婦身影隨行漸遠。唐森說了聲╳，隨手把寫著「黎寶強榮譽主席」的名片攝到菜單架子上，再次翻開報紙。

胡亂耗了大半天，差不多到了唐森的晚飯時間。太太不方便做菜，唐森又老燒壞飯菜，平日情願花錢到外頭買，吃了多年，還是發記茶餐廳最對口味。唐森步至發記，只見店面外貼著一紙告示：「租金上漲，即將結業，多謝支持」。這晚發記擠滿了食客。唐森點了一份茄子牛肉飯和一份豆腐班塊飯，揪著飯盒回家。

晚上唐森造了個夢。在許多個午夜夢迴的時候，唐森總造這夢。一個薄紗似的靈魂，在一條無限延長的通道上來回踱步。那靈冉冉回頭，面目如唐森的太太，起初膚色煞白，雙目深邃枯槁，身體扁瘠如紙。夢中的唐森一走近那靈，細意觀瞻，靈的五官便突然扭變，化似唐森，齜牙咧嘴，對夢外的他嘻嘻痴笑，不停問唐森你的名片呢你的名片在哪你的名片呢你的名片在哪。驟然醒來的時候唐森滿背是汗，下唇仍哆嗦。他扭過頭來，悒悒地看著太太，再次闔上了眼睛。

24.9.2014 (三)

　　唐森瞥見遠處燈柱旁有一閃光，走近細看，卻見一個五元硬幣攤在地上。他喜出望外，直覺是天來的運氣，便拿了這五元去投注站買了場馬。或許他本就喜歡賭，從前賭房地產，現在賭馬賭波賭六合彩。又或許他只是相信希望。

　　買過彩票，唐森在附近溜達一番。路上那一列房地產店舖，唐森每每當作沒見到。要是當年捱的過去，現在便真的發財了。連著那一列房地產店的是一間老式鐘錶店，每次唐森都要駐足良久，觀賞櫥窗前一塊款式相當經典的勞力士。這款式跟從前那塊相近得很，瑞士手工機械，非常可靠。唐森最雄姿英發的那一年，買了第一塊勞力士給自己。公司賣盤後，身邊能賣的都賣了，唯獨不捨得那錶，直至太太病了才賣掉。唐森又想起了黎寶強右手那塊勞力士。

　　「終有一天，」唐森呢呢喃喃，「我會買下這一塊。」

　　鐘錶店的店員瞟了他一眼，逕自應酬別的客人去。

　　通州街公園都是人。唐森走到一群圍坐著的叔伯之間，中間坐著兩個專心下棋的大叔，石桌上的收音機沙啞地廣播著。

　　「……學聯要求與特首梁振英直接對話的48小時限期今晨11時屆滿，學聯稱會將行動升級，會發動1000人遊行至禮賓府……」

「那班無用的學生，有書不念學人家罷課，他們的學費我可有份！」

「要是我就去反佔中遊行了，怎可以讓一群嘅仔把香港砸爛！」

「╳！就是就是，凡事都有步驟，這群嘅仔甚麼都沒經歷過，就會抱怨，香港建設了那麼多年，都要被破壞了！」唐森見大家說得痛快，也插起話來。

「對嘛，罷課還算了，竟說要遊行到禮實府，幹嘛去砸別人的家門！」

「香港未來沒了！……那隻象應該走另一邊呀！」

「旁觀者不得依牙鬆鋼！」

「喂，開跑了，先轉台啦！」

拿著收音機的中年男人趕忙轉台。「嗤……啪嗤……隨時起步……一開閘，前面較快是藍衫白帽的中國風雲，外面紅衫紅帽的黃金威龍，後一層有黃衫的五彩財神……火鳳凰領先，黃金威龍緊貼其後……最後200米，黃金威龍搶出來了……接近終點！黃金威龍第一名、火鳳凰第二名、中國風雲第三……」

眾人嘩然，各有悲喜。原來那五元是害人的才對！

25.9.2014（四）

唐森如常走到發記茶餐廳的時候，店門已經拉上鐵閘，閘上貼著一則偌大的租售廣告。╳，唐森只好轉角到新時茶餐廳，點了一份栗米肉片飯和一份咸魚雞粒飯拎飯盒回家。吃過晚飯，唐森打開了電視機，專心盯著整個攪珠過程。

「……馬上開始第110期六合彩現場攪珠……」

「21、24、6、……」

「……第一個號碼是3號……第二個是19號……」

「52、14、39、27……」

「……最後一個特別號碼是38號！」

「╳！」唐森把彩票撕碎，擰成破碎的玉米片。

「森，冷靜點……還是別賭太多要好……」唐森的太太悽惶地看著唐森，那雙凝視著唐森的孤苦無力的眼睛，總讓他感覺時候在提醒自己的失敗。唐森立時站起來，恍如一個氣球被針刺到了般，當下情緒就爆發了。

「我賭錢不賭錢又如何？你甚麼時候要管著我了？╳！不賭……不賭哪來的錢？你的病誰來治？你兒子那些錢管用嗎？」

那靈冉冉回頭，只見他的面目如唐森的太太，起初膚色

煞白，雙目深邃枯槁，身體扁瘦如紙。唐森的聲音在抖。

「覺得我沒用呃？我就是沒用！生意管不住，兒子管不住，老婆也管不住！」

「……新聞報導時間，今天是學界罷課第四天，晚上學聯率學生及市民赴禮賓府，並在後門靜坐等待梁振英出來對話……」

「你看，這群人才真的沒用！不費功夫，說破壞便破壞，他們對香港貢獻過甚麼？憑甚麼弄垮我們的生活？政府怎麼那樣不濟，容讓這些人喧囂？政府為何沒有辦法讓生活好起來？×！」

吵鬧之間唐森一揮拳頭，沒有打到太太，卻打碎了旁邊的花瓶。拳頭喪了力氣，唐森嘴裏迸出一句粗口，坐到了沙發上。太太咳了數聲，默默用報紙把玻璃的碎片包了起來，連著碎掉的彩票一併丟到垃圾桶裏。

凌晨時分，太太嗆咳著醒了過來，一掩嘴，滿手是血。

28.9.2014（日）

唐森一早起來到君好酒家，點了一盅鳳爪排骨飯，一壺鐵觀音，打開三份報紙，先看了三份港聞頭版。

……大批學生、市民及泛民人士繼續留守添美道。學聯成員上台宣佈，他們大部份成員經已被捕，餘下成員會堅

守到底，直至當局釋放所有被捕人士及回應學生訴求。學聯呼籲市民於晚上8點，前往政總外參與集會……不知死活的學生，覺得被捕好玩有趣吧，一群都是廢人！……凌晨1時38分，佔中三子之一的戴耀廷在金鐘添美道的集會台上，振臂高呼『佔領中環，正式啟動！佔領中環會以佔領政總開始！』他並稱，『我們會開始一個新的時代，抗命的時代』……✕！他媽的大學教授，教的都是屁，教人作反！我沒念書都比他有腦！……學生前晚在罷課集會重奪公民廣場後，數千市民築起人牆、撐起雨傘，阻止警察清場。政府派出防暴警察，出動警棍、長盾牌和胡椒噴霧，推倒和拖走示威者，多名學生流血受傷，哭聲和尖叫聲震天……匆匆把飯吃過，唐森到投注站拿了張彩票，寫下了7個號碼。今天六合彩又要開彩了。唐森從投注站走出來後，再次經過那間鐘錶店。他盯著那隻款式很古典的勞力士半晌。

「終有一天，我會買下這一塊。」

然後，轉身走了。

戴善衡，畢業於嶺南大學中文系，出生及成長於香港，懷著忐忑的心情喜愛著這個地方。對文字及圖像有濃厚興趣，欣賞跨媒體創作，尤以圖文互涉為主。

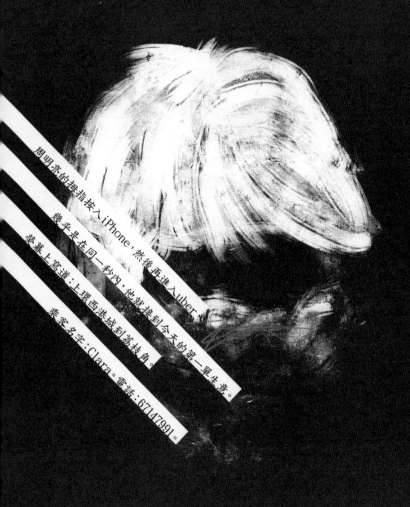

周明亮的拇指按入iPhone，然後再進入uber。

幾乎是在同一秒內，他就接到今天的第一單生意。

終於上富道：上環西港城到荔枝角。

乘客名字：Clara。電話：67147991。

黃淑嫺

Uber 才子與佳人

第一場：楔子

周明亮的拇指輕輕的按下電梯的G字，彷彿聲音稍高一點，動作稍大一點，穿著貼身窄腳西裝的老闆便會從皮椅子中跳起來衝出來，兩手撐開電梯門，把他從下行的電梯中扯回辦公室工作。這場面不是虛構的，周明亮以他沒有近視的眼睛親眼看到這場面。那時他還在樓上六樓的會計公司工作，有一天的下午三點，這幢上環舊式商業大廈的白領都喜歡溜到街口那間陽光充足的咖啡室，與同行交頭接耳當天的行情，或者打聽暗戀對象的最新發展。周明亮不喜歡這些，不善於與同事打成一片，但他也享受下午三點鐘的自由。那天，電梯到了四樓緩緩打開，周明亮按習慣

站在電梯的暗角，他看到一個穿白恤衫的男子以跳躍的腳步走進來，神態高傲，站在電梯的中央，頭上的射燈盡情的照著他，隨便的白衣變得閃爍爛。就在電梯門快要關閉時，有一個身影閃出來，手腳並用的把門擋開，這人異常貼身的打扮，不其然地讓周明亮討厭，這是他第一次碰到彭學林和老闆Kevin。大概在半年後，Kevin當了周明亮的老闆，而他正是代替了彭學林被辭職後的空缺。周明亮從六樓的會計公司轉到四樓的會計公司，工作一樣的枯燥，但人工多了兩千元，枯燥也變得有意義了。彭學林當天被老闆在電梯抓著時，他是堂堂正正的跟著他回到辦公室的，他從身體散發出來的自信心，蓋掩著老闆的霸氣，周明亮把一切都看在眼裏。現在彭學林到了哪裏？周明亮總會站在舊式電梯暗黑的位置想到他，此刻他的名字正在他心中隆隆的響起，望著射燈下空著的地方，主角不見了，他好像只是他的替身，每天在寫字樓做著苦悶的工作，而彭學林就在不知的遠方過著更有意義的生活。

如果周明亮看穿衣服的背後，或會明白老闆更多，對他有點同情。Kevin年輕的時候，不是一樣穿著淳樸的白恤衫，在中環的街頭尋找人生的機會嗎？如果周明亮遇上當年的他，看到他那件比彭學林更簡單的白恤衫，一定會對他改觀，說不定。Kevin辛苦得來的東西，是不會輕易放過，香港很不容易才走到這步，經濟繁榮。2014年10月的一個午飯時間，Kevin陪北京來的客人到金鐘夏慤道買車，

在偌大清晰的玻璃外，他看到令人不安的畫面，這不是電影的場景，而是活生生的人群。彭學林與一群人竟然出現在這畫面的前景，好像是為著要讓Kevin看見而存在的，撞擊他。他們圍在一起吃飯盒，臉色沉重，有時突然高聲起哄，手腳搖動，但很快又沉默下來。Kevin不能明白這潮水一般的節奏，他內心感到很憤怒，但其實更多是恐懼。自這刻開始，Kevin的目光便沒有離開彭學林了，他一定不能讓這種子在他的地方生長。很快周明亮來見工的時候，他一眼便喜歡他，沉靜有禮，是他愛用的員工。

周明亮的拇指輕輕的按下電梯的G字，這天Kevin 是不會追出來的，因為他根本不在香港，周明亮有時想得太多了。現在是下看五點半，他整天對著一張一張的單據，複印複印複印，然後整理整理整理給老闆看。不對，他知道Kevin其實是不會看的，他只是在適當的位置簽一個名字，然後所謂的審核過程便完成了，一般這樣的核數服務收八千元，接二三樁生意，便是周明亮一個月的人工。因為價錢不貴，所以有很多中小型公司都會找Kevin，有時還有特別的要求，Kevin會盡量配合。周明亮對於這行職業充滿懷疑，覺得沒有意義但不知道如何改變。

第二場：一見鍾情

本來陽光燦爛的天空，因為一片厚大的黑雲在沒有任何預告下快速地飄過來，上環便開始下雨了。周明亮在離開辦公室前，在抽屜的底部無意中找到一把雨傘。幸好雨還不是太大，他撐起雨傘走到西港城附近的停車場，途中看到很多徬徨的、沒有雨傘的中環人，左閃右避，希望突然而來的雨水不會落在他們整潔的套裝上。周明亮撐著傘，暗自高興起來。停在紅綠燈前，身旁的那位女子一手拿著很多東西，一手用外套把物件蓋起來，他靜靜地把雨傘稍為向右傾斜，沒有特別誇張。他低下頭，心中想到彭學林這個和他只有一面之緣的人，現在他竟然每天坐在他原來的位置，更拿著他的雨傘，走在路上，生活是有點不可思議的。旁邊的女子轉過頭來向他微笑，他沒留意到，交通燈轉到綠色，兩人匆匆散去，消失在人群中。

到了停車場，他走上二樓角落的位置，那裏停泊了他的古董車Mini Phantom，正確來說是他父母留下來的Mini Phantom。在他如此俗世的生活中，他其實不知道如何解讀這輛古董車，認識他的朋友都覺得這是他生活的負擔，力勸他賣掉，他完全同意，但沒有這樣做。所有解決不了的問題，他都不想糾纏下去，大概問題會慢慢消失吧，他想。但當車匙扭動的一刻，父母上個月回香港的說話又再一次重重的撞擊他，「我們決定不回香港居住了，你也跟我們一起吧，你留在這裏為何？這裏跟以前不一樣了。」不是他

需要父母的照顧，相反的是他很想證明自己有能力照顧他們，但這機會他是不會得到的。他們拒絕了他，拒絕了這個地方，他有說不出的無奈。他留在香港為何？他其實也不太清楚，內心就是不想離開。

低沉的情緒籠罩著呆在車廂內的周明亮，他伏在車盤上，感到自己的人生很無聊。就在思想沒有出路的時刻，他的拇指按入iPhone，然後再進入Uber，幾乎是在同一秒鐘內，他就接到今天的第一單生意。熒光幕上寫到：上環西港城到荔枝角，乘客名字：Clara，電話：67147991。

當周明亮的車駛出停車場時，上環已經下著滂沱大雨，水潑的聲音是粗糙的，好像一個不懂時務的人，周明亮喜歡聽到這旋律。他是一個安全的駕駛者，加入Uber近一個月，經常得到乘客很高的評分，這個工作對他說很有滿足感。他享受自由，喜歡便做，不喜歡便關掉電話。沒有朋友知道晚間他是Uber司機，他想脫離日間的生活，日間的我，不用對著Kevin和他的緊身衣服。周明亮的自由都是建築於他父母留給他的車子與房子上，這一點他是從來不敢觸碰的。

按著指示，他的車停在西港城，在濛濛的雨中，他努力尋找這個快要上來的乘客。他望看右方，那裏站著很多正在避雨的女子，他又望向左方，同樣是站著很多等待停雨的男女，但他們好像哪一個都不是，他古老而優雅的房車停

在中間，很尷尬的位置，眾目睽睽，不受歡迎。突然間，一陣很急速的拍門聲從後方傳來，是那種拒絕停止的聲響，周明亮轉頭把門打開，一個穿著米白色長裙，拿著很多東西的女子急快的鑽進來。她打開車門，連同外面嘈雜的聲音，下雨翻起的難聞的氣味也一一帶進車來，把車廂內純粹的氧氣變得不純粹。

「是我叫車的，到荔枝角，謝謝。」

「好的。」

門關上，車開動，周明亮嗅到一種氣味從後面的位置飄上來，一種很難形容的氣味，一種香水不像香水的氣味，好像是野外的樹木，那種不討好別人的味道。周明亮在倒後鏡偷看Clara，這人的樣子很好看，他說不清楚，總之與中環上班一族的氣質不一樣。一路上她有很多奇奇怪怪的表情，有時斜眼，有時歪嘴，不知道在下雨天想到甚麼古怪事。她打電話給朋友說要遲半個小時，聲音是充滿抱歉的，好像是參加重要的會議。在轉入西隧的一段路，周明亮留意到她的眼神有點迷惘，望向雨中的維多利亞海港時似有很多話要說，她有一雙會說話的眼睛，可惜車很快便鑽進了隧道，把她的說話也吞噬了。不知為何，周明亮控制著車盤的雙手緊張起來，呼吸也有點急速，整個人是輕飄飄的。

兩人沒有說話，車廂很寧靜，車外傳來的任何市聲，都

好像為了配襯著這寧靜而存在，讓它變得獨一無二。周明亮感覺到背後有一雙眼睛，他的頸項與左邊肩膊僵硬起來，可能是他的自我想像吧，然而這個感覺無論如何是如此的真實。他可以在紅綠燈時轉過頭跟後面的乘客說幾句話，或者能夠明白多一點，但他並沒有這樣做，車廂繼續寧靜。

車駛到了荔枝角的工廠區，對周明亮來說，這是很陌生的香港，他有興趣知道這個乘客為何而來這個地方。九龍的雨比香港的雨還要大，周明亮和Clara在這小小的車廂中，好像遺世而獨立。他們繼續沒有說話，兩人都沒有任何意圖說一句話，好像擔心哪怕只是細微的呼吸聲都會破壞了自然的雨聲。

「就在那裏。」

聲音明快，沒有尾音，證明她是懂得這裏的路，她要求在一間餐廳前下車，周明亮完全不知道這裏竟然可以有這樣西餐廳，而且設計相當精緻，他生活的知識只限於中上環。車停了，周明亮朦朦朧朧的看到餐廳內熱鬧的人影，光線柔和而燦爛，很和暖。從這個角度看，其實這可以餐廳，又可以不是，總之裏面有很多人影在晃動，其中有一個人好像在發言，大家都很踴躍的圍著他。車內的空氣停滯了一刻，與餐廳內的氣氛接不上軌，周明亮聽到下車的聲音，他轉頭望看她，Clara便低下頭開門走進大雨中。不知道是

哪裏來的動力，周明亮推開車門，拿著傘，追出去，雨無情的落在他身上。

「給你。」兩人在大雨中對望了三秒，只是三秒，不多不少。

「多謝。」然後兩人轉身離去。

第三場：愛情信物

當周明亮把彭學林的雨傘交給Clara的時候，在那三秒間，他看到一個奇怪的表情和一個燦爛的微笑。彭學林、雨傘、Clara這個完全是陌生的組合，好像是一個謎語等他解開。周明亮一個人回到他的Mini Phantom，坐了多久，直至他從車頭玻璃看到遠方有兩個警察朝著他的方向走過來，他才發覺自己忘記停車熄匙。他下意識踏油門離開，躲避到一個黑暗的後巷，那兩個警察也在街角消失了。今天不想再接生意了，他想把這段不能名狀的經驗複印下來，好好的保存在心中。

雨停了，周明亮想到如果有一杯咖啡讓他清醒一點就好了，但這一帶他真的不熟悉。他走到後座位整理一下車廂，準備明晚的工作。他用乾布一寸一寸把濕滑的椅子抹乾，希望沒有破壞皮的質地，他是一個對細節有要求的人，受到他的父母影響。手觸摸到皮柔軟的感覺，他感到座位的溫暖。手一直摸索到椅子的罅隙，他按到一個冰冷的物

體，他伸手進去，把實物拿在手中的時候，他知道這是一部電話，而且他肯定是Clara留下來的。

周明亮很緊張，他知道電話對他們那一代香港人的重要性，他馬上上網搜索uber的手則。當乘客留下物品時應有甚麼的交還程序？他的手指不斷搜索電話的網頁，一頁一頁的翻，但找不到。街道很寧靜，周明亮沒有察覺到在他的古董車旁有一個老婆婆低著頭，推著廢紙車走過，他完完全全沉迷於自己的情緒中。很傻吧，機主不就是在餐廳嗎？餐廳不就是在轉角的街口嗎？周明亮突然想到當面還給她不就是最快的方嗎？他立即推開門，一隻腳踏出車外，但很快又縮回來，再關上門。他開了上面的小燈，出神的望著電話，雙手感受到電話在發熱。

整條幽暗的工廠街道，只有周明亮車上的一點光，老婆婆和她的廢紙車已經轉入另一個路口了，繼續她夜晚辛勤的工作。在這裏，沒有別人，沒有觀眾，周明亮就是主角，他喜歡這樣的孤獨。他把玩電話的圓型按扭，熒光幕出現了一個有趣的照片，好像一個指示方向的箭咀，又好像甚麼也不是，拒絕邏輯的解讀。電話的光線開始影射在他的臉上，從外面看來是很不真實的感覺，他用拇指趟開了 slide to unlock，密碼頁面展示在他面前。他笑了一笑，好像覺得自己玩夠了，應該回家睡覺了，明天還要上班，情緒冷卻了，他知道自己是不會走進餐廳的。

他閉上眼睛，腦海中出現了一幕幕白色的場景，有些他不想記起的人一步一步閃現在他眼前。他心臟猛烈地跳動，幾乎是在沒有意識的控制下，他的手指在Clara的電話上隨意的按下了四個數字，1111，Clara的電話就這樣解開了。

他嚇傻了，立即把電話拋到旁邊的座位，害怕有生物會從電話裏爬出來。他開始懷疑這晚是自己是否當上《聊齋》的男主角，沒有可能的，Clara竟然與Clarie是同一天生日？沒有可能這樣巧的，人生可以有多少個四位數字的密碼？為了打破迷信，他不理道德與否，按入Clara的fb快速查看。臉書沒有太多的個人資料，甚至沒有生日的日子。他在黑暗中看她的照片，除了一般與朋友吃飯的合照外，全部都是新聞，市民對政府的不滿的新聞。她做甚麼工作？周明亮猜她大概與財經有關的工作，大概在中上環一帶上班。他翻閱到2015年11月11日，有朋友祝她生日快樂，周明亮緊張的拇指一直翻查下去，終於證實了她們是同一天生日，沒錯了。他的心有點顫抖，雖然他只是第一次認識Clara，但感覺不陌生，他急速跳動的脈搏告訴他，有一些事情在發生，而他找不同合理的解釋。

周明亮好像在黑暗的小巷中明白了一些更黑暗的事情，歷史總是在重複，大家都逃不了命運的安排。他不想記起的場面又在出現了，2014年的7月1日，周明亮大學畢業的第二年，沒有工作，也不急著找工作，他與以前的女朋友

Carie在中環文華酒店籌備婚禮，他們剛從歐洲拍攝結婚照片回來，還未好好的休息，已經跑到酒店商談婚禮的細節。Carie是如何的快樂忘形，兩家的父母帶著對未來幸福的想像，笑得特別開懷，只有周明亮好像是局外人。那個晚上，周明亮不想回家，獨自在文華酒店的房間，拿著這些矯揉造作、笑臉迎人的結婚照片，突然覺得一切都是不對的，但他說不出哪裏不對。異常深沉的恐懼佔領了他的全身，我不是要按著這樣的笑容活下去嗎？一生一世？周明亮躲在這房間中想做一個決定。玻璃外的中環，傳來陣陣的聲浪，他不知道外面發生了甚麼事情，這些聲音就好像變成了他內心的怒吼。第二天，10時正，中環如常運作，周明亮傳了一個道歉的短訊給Clarie，家人都覺得他非常不負責任，他自己也覺得對不住他們，但他不能扮演這齣快樂電影的主角。

第四場：離散團圓

Clara在這兩天突然其來的出現，讓他回顧了這年多的生活，父母離開，朋友遠去，自己究竟想做甚麼？外表是工作，其實是放逐的心態。電話突然在靜寂中響起來，嚇到周明亮大叫了一聲。這時侯Clara應該知道自己遺失了電話，而她一定希望電話還留在車上。她絕對猜不到周明亮其實一直就在餐廳附近，通過電話來認識她，認識自己。電話響了很久，響了又再響，周明亮不敢接聽，電話就在座位

上鎮動著,好像有生命似的。現在他希望事情快點過去,他害怕碰觸敏感的界線,但這次不能輕易逃走了,但他也不想再逃走了,在他心底裏的最底層,他知道自己要走出一個圈子,走出一個父母為他設計的圈了,走出一個社會為他設計的圈了,走出一個他自己為自己設計的圈了。

想到Clarie,雖然他覺得自己對不起她,但他們是不可能的了,然後他想到了Clara,那種難以名狀的關係,令他覺得快要缺氧,呼吸困難,他猛力推門走出車外,深深的吸入一口空氣,整個人頓然清醒起來,好像換了另一個呼吸系統。他仔細檢查一下自己所處的地方,原來是一個收集垃圾的後巷,臭氣熏天,垃圾車正停在街角。但這種氣味,今天不是第一次嗅到的了,他再一次想到Clara,當她在西港城上車的時候,不是同樣嗅到這種惡味嗎?

電話沒有再響了,周明亮倚在車外繼續看著Clara的臉書,就連垃圾的味道也好像習慣了。他一直翻到2014年7月1日,原來那天她都在中環文華酒店附近,這天的照片特別多,特別密集。他一張一張仔細的看,有些影像是在電視看過的,但大部份是他不知道的細節。他好像可以在這些影像中寫出一個與他有關連的故事來。他的手指停在一張很特別的照片上,這大部份的照片都是沒有笑容,氣氛鬱寡的,但只有這張可以看到Clara燦爛的微笑,就好像剛才她接過周明亮的雨傘一樣的表情。旁邊那一個白衫男子不就是彭學林嗎?周明亮簡直要跳起來,他把照片放大再放

大，看到Clara望著右方的彭學林，兩人好像討論著甚麼，面容充滿自信，在群眾的中心，後面掛著很多標語。

周明亮把Clara的電話關掉，他不想再看了。他可以直接打電話給她，告訴她電話已經找到了，請她不用擔心。但他決定不會這樣做，他把車停泊在熏臭的後巷，Clara的電話舒服的躺在他衣袋中，在荔枝角漆黑的晚空，他走向那所餐廳，他決定親手把電話還給他。他想像大門打開的時候，他可能會看到彭學林，他會上前感謝他把雨傘留給他。然後他會走到Clara的面前，親手把電話還給她，在明亮的光線下與她好好的說話。

周明亮用拇指推開餐廳的大門。

2016 年 6 月 8日 作
2016 年 12月23日修訂
發表於《香港文學》2016 年 7 月號

黃淑嫻，香港大學比較文學系博士，現任嶺南大學中文系副教授。近著有《香港影像書寫：作家、文學與電影》(2013)、《女性書寫：電影、文學與生活》(2014)及《理性的游藝：從卡夫卡談起》(2015)。編有「一九五〇年代香港文學與文化叢書」六冊(2013)等。短篇小說集包括《中環人》(2013)及《電影小說》(2014，合集)。電影作品包括《也斯紀錄片：東西》(監製，2015)及《劉以鬯紀錄片：1918》(監製，2015)。

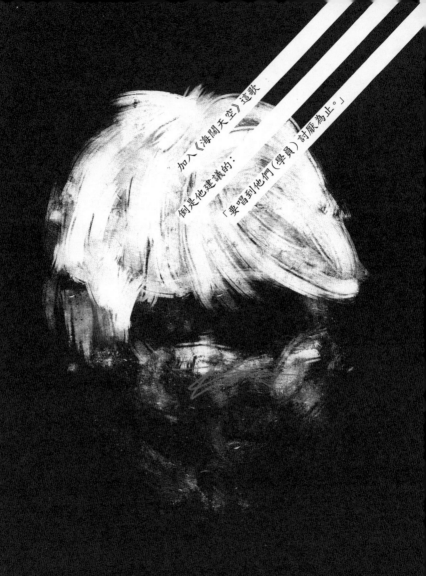

加入《海闊天空》這歌

倒是他建議的：

「要唱到他們（學員）討厭為止。」

袁兆昌

繼承者

1.佔領前

師父果然是肆伍行動成員，看他一身西服，長褲灌了膝蓋，步仍舉得這麼高。多少年，儘是不習慣被那西人設計的褲襠約束，還保持著傳統國粹基因給他的氣勢。

他是穿西服的愛國者。

那年保釣，他在台灣會合今天各有位置的大人物、昔日熱情滿滿的學生，一同聲援兩地學生運動。一九八九年，他在新華社門外示威，電視畫面閃過他蹤影，包圍他的是今天追求民主的忽然愛國。

那是他最後一次以肆伍行動名義發起的公開活動。

學堂的走廊上，他每踏一步都有功架，就在剛才開門的一刹，平腳西南，皮鞋跟滑了過來，西褲飄起複雜的、逼速的細浪，沙粒與塵土在十一點的陽光飛升，帶上手臂的那股勁，學堂課室的門就這麼開了，錯覺還以為他沒出過手。

「咦，原來是自動門嗎？」年輕學員的耳語真夠大聲。師傅跨出一步，沒看清第二三步怎麼走，就移到講台前，識貨的學員幾乎要拍手，沒察覺的就以為他差點仆倒，都滋地笑了半下。

師父如常在白板寫上他的名字。

年代畢竟不同了，當年黑板粉筆在他身旁飛揚的粉末，如今天那些電影一樣，他舉首抬足，粉末就有他出招的痕跡。講台就是他的擂台，把握每時每刻在學生面前，力證武術有用。

「別找了，網上不會有我的資料。」學員按下手機，抬頭看著我們。「十多年來大的行動，我們都趁亂而入，若非我會武術，現在安坐議會廳與錄音室的同伴，怎麼能像今日風光。」

他忽地高呼一句口號，嚇得新來的學員手機也跌了，有個在椅下掏著，有個明顯不小心按錯了鍵，傳了甚麼出去，抱額吐了句英語粗口。

「不長進！」學員全都安靜下來，以為這是責備自己。「口號都一樣！沒新意了嗎？」原來是評論他的同代社運

人。在座有人失笑，有人竊笑：「講呢啲？」我瞪著那個學員，他才收起笑容。

肆伍行動前成員，怎會現身一個昔日曾欺負甚至拘捕他的執法機構，培訓學堂上的新人對付昔日的自己？年輕人都不知道肆伍行動是甚麼，學員當然不知道，更不知道今天社運人與學生因何出來抗爭。在高薪糧準的世界裏，享受市民給他們的薪水，就是他們的人生意義了。

「而你們是幸運的！你面對的最大敵人，就是這群不長進的所謂抗爭者。他們賣的是理想和天真，我們賣的是耐心和智慧。或者，你們不敢相信，我現在開始教導的，有多重要……」無人認為端上武術對新生代有多重要。

而我這又在做甚麼。這十年來終於練成武功的我，不在這裏工作還可以做甚麼。

「來！」師父收起剛示範過的招式，叫我試試他。我指著他的臉，高呼「黑警！放犯！黑警！放──」他逼前半步，我的手臂就落在他左肩上：「仍在玩手機的，看到吧。如此一來，他就是襲警了。」

這只是個開始。

起初，學員面容難看，有些學員忍不住在課後找我，好奇他背景的會問「他真曾是社運份子嗎」，曾經習武的則會問「他的所謂武功到底是甚麼回事」，早前曾對付過示威者的會問「他這是認真的嗎？示範的我們早就做過了」，我都

回答「多點耐性，學堂這麼做是有它原因的」。

我想起八年前拘捕過的那個抗爭者，那時他在鐵馬前與我們對峙，十八九歲，一副以為自己是甚麼人物的模樣。

習武，令我看清這群人的舉動；更精確的說法，是看清一群以為自己在追求理想的青年，在毫無武力的訓練與準備下，居然夠膽走上街頭做他們以為是正確的事。

那個抗爭者被我扯上警車狠狠打一頓，沒使過一招半式，這種打法純粹出於自然。如果說國粹是幅藝術畫，那末這場單方面的教訓就是孩子在白紙上亂畫的、最純粹最天真的畫作了。

要如何打在他臉上而不留半點痕跡，這還是要上課學習的。那天，我只想發泄一下而已，就往他的肚裏打：「哪個堂口！講！跟哪個大老！講！」我們都知道這群青年根本不是甚麼幫會，有大學生，有所謂全職社運人，師父說，當年他們都屬這種青年，都有向各國領使館收取酬金。師父曾說，這批酬金足夠他們兩年生活費。想到這裏，就打得更狠了。

3 佔領時

在學堂學滿的學員都準備好了，那些被傳媒偷拍的演習都是貨真價實的最佳示例，大部份情景與場景都是師父設

計的，有些是出自我手筆，都因為師父所遇過的社運場口太久遠了，與八年前的那場韓農差別太大。不過，加入《海闊天空》這歌倒是他建議的：「要唱到他們（學員）討厭為止。」

今天我，又如何。社運界老鬼都認得師父的樣貌，為免被新聞鏡頭拍攝下來，他都主責軍師的工作，留在學堂裏獻計。至於學員裏誰真能在抗爭現場發揮國粹，他一點也不關心。

在佔領期間，倒有個sit堂的老警察學了棍法，在師父眼皮下，那招「手臂的延伸」未得所學，亂來的。「他連出幾招都不是我門派的……」他無法辨別所屬門派。師父是太認真了，那幾下根本不是甚麼招，這個老警察就是狠了心腸亂打一通而已。

至於我這種被調到教職的，佔領時人手緊張，就被派到現場拆路障。洋人阿頭認為，像這種規模的抗爭，陸續有來；用兵千日，不必急於一時。而在整場佔領運動裏，我見過太多跟過師父學過一招半式就舞拳弄棍的貨色，他們以為自己盡得師父真傳，招式還是使得像樣的，可全部都似撲了個空；就是打中目標的，都傷不了多少。

某個下午，新界區的與幫會合謀一場黑白二道清場的戲碼，市區環頭的朋友說，市區幫會不肯合作，認為抗爭者並非收受外國勢力支援。那麼，他們高高興興地在街頭分發

的冰水與暖熱食物，又來自何方？許久以後，才知道市區幫會不願合作的原因：原來支援他們的人，有回流香港的老移民，市區現場亦有金盤洗手的人。他們知道抗爭者為何在街上，他們第一次看到催淚彈。

而新界的，千里迢迢走到市區來，他們倒可從某商會取得一筆可觀報酬。

我不感意外。

自學堂出身的老嫩差骨，都不習慣面對手無寸鐵的青年；只有被認為欺善怕惡的新界幫會，才做得出這種事情。他們鄉村間在家裏無所事事，卻會跟各派師父習武，有時，師父就會做這些兼職，知道圍村之間不少瓜葛，無數聞所未聞的惡鬥與血戰，被亂刀亂棍敲破多少國粹夢，武學在亂棍中毀掉了。

至於那些習慣單人匹馬的，通常都一身武術，用在政府圈的地燒田收屋，一運勁輕功盡使，逃之夭夭。不用害死半個人，只要弄得農民與老人生無可戀就是。

這幫人有一兩個在議會議事，每有政府要員落區，他們都派出大批同鄉到場支援。

那天，鏡頭裏的拳腳，有些是師父的派別，有些不，乍看還以為拳到半路便收起，其實已著實擊中對手，那些倒地淌血的青年，既已收了外國勢力的支援，被打一頓就是代價了。如果沒有他們，這裏就不會亂，人人都活得像奴隸一

樣，每季交稅金養活我們，才有資源聘用在維持穩定。

我並不會說，我有一身武藝。在這些被綁得緊緊的卡板前，武學，幫不了多少。我還是要蹲在地上，耐心地把它們拆完。

這不是說，無用武之地。

連李小龍當年在美國面試的短片也被網民翻出來的年代，一舉首一投足，都可能被拍下來，被起底。

我不想牽涉在內。

我當然沒有出示委任證，就當我是支持政府的市民吧。唯有如此，拆路障才顯得合理，亦不會被認為是清場。

2.煙霧裏

那個舉槍的同事，是我們的學員。

後來，他跟我說，槍管裏的東西，比師父教他的更有效果。我跟他說，你真想殺人嗎？他跟我說，他只是執行上頭指令而已。我跟他說，如果上頭要你開槍，你會開嗎？他反問，違反上頭命令的後果是甚麼？

4.佔領後

政府決定花兩億買水車，師父又設計了新課程，教學員

如何在濕滑的地面出招，還播了一整套王家衛。

學員都打著呵欠，擦擦眼角的淚。

2 煙霧裏

他們不會流淚。

他們早已戴上面罩。

噗。

噗噗。

噗。

4 佔領後

聽說，這是師父的最後課程，不久他就要退休了。

他要回祖國擔任政協。

他要我接任他的教職。

臨別前，他說要向我示範絕學，説要我繼承他的武學，氣流包圍著他，整整五分鐘的絕學，出神入化。

可是，他忘了，他早就跟我示範過。

袁兆昌，畢業於嶺南大學中文系，曾任中學教學助理、教科書編輯，現職報館編輯。曾獲青年文學獎、中文文學創作獎。著有少年小說《超凡學生》、《拋棄熊》等，詩集《出沒男孩》、《肥是一個減不掉的詞》，訪談集《大近視》、《短暫時間有陽光》。

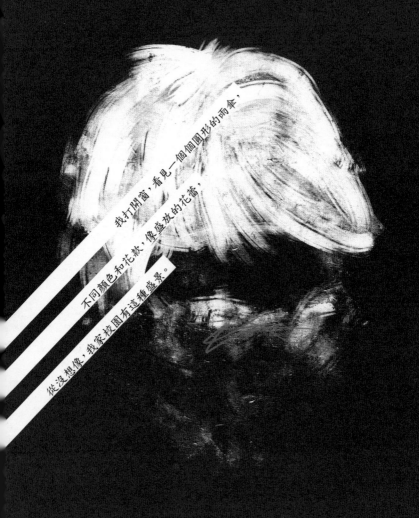

我打開窗，看見一個個圓形的雨傘，
不同顏色和花款，像盛放的花蕾，
從沒想像，我家校園有這種盛景。

吳美筠

佔領中學

迷煙眼的男生女相

我的中學生涯乏善可陳。記憶中除了亂七八糟的測驗、考試、打盹和扎疼耳鼓的鐘聲之外，便只有陳淑賢。陳淑賢之所以成為我中學記憶的全部，源於一宗現在對我個人來說，壓根兒沒有甚麼大不了的事件。應該說，整件事對我一生完全沒有產生過任何影響力。但是，正正因為他，我對我就讀的那所聖納撒中學產生了徹底的記憶破壞，彷彿所有學習，所有老師，所有同學，他們僅存的身影都變得面目模糊，始終無法建立深刻而銘感的印象。惟有所有關於陳淑賢的言行，竟能挪動少年大部份的記憶版圖承載，而當中，很難說，沒有我的偏見。

陳淑賢其貌不揚，五官齊齊整整毫無意外地掛在臉上，其他特徵乏善可陳，要提的，大抵是他那雙單眼皮和迷煙

眼，一張善良得過份的笑臉白得有點不合男性體統，彷彿從來沒曬過太陽，斜斜的看他有點男生女相。中六那年與陳淑賢終於同班，一不留神時給調動開始成為我的鄰座。我的班主任人稱「偽君子」，非關她名叫魏子君，乃因從來沒有為同學著想，為人極其虛偽。她任教英語和視覺藝術，可一點藝術氣質也沒有，經常目無表情，故作嚴肅拘謹，不知就裏的，幾乎以為恨你殺她全家。最喜歡叫同學參加繪畫比賽，無非想撈個獎狀之類的本錢，為她升職鋪路。決定每件事總有冠冕堂皇的砌辭，例如：為免同學相互交談影響課堂秩序，每周照例把座位調動一番，好阻礙同學混熟所產生的同黨效應，以便易於管理，免生事端。開學已經兩個月了，預科班只有我們這班沒法記牢全班同學的姓名。還有，她堅持，優秀的同學應該幫助平庸的同學，才是真正的優秀。基於這種歧視性的物種分類邏輯，她不講別人願不願意，總欲蓋彌彰地把一對對成績高下立判的群組安放，務求使大家尷尬地確認，誰比誰差勁。我最不滿的，是她把陳淑賢硬塞過來。我自然相信自己是那名優秀的。請勿誤會，我沒有從偽君子那裏獲得具體參照，之所以作這種認知是因為我沒有理由輸掉給他的，因為他剛坐下來，便伏案看作業，眉心摺疊，交不出一點聰明的架勢。

「我名叫陳淑賢，叫我『賢叔』。」下課時，他像向我耳窩吹氣，吐下真言八字。「請多指教。」這渾號真礙事，像個婆娘。他把「叔」字吊高八度，務去娘味，找死的要別人

叫他阿「叔」，彷彿要全世界做他的世姪嗎？好端端的陳淑賢，分明是個女生名字。我以為在播放日本勵志劇，瞄瞄他那副德相，不料他認真的把手伸出來。甚麼，握手？只有幼兒園小朋友才握握手做個好朋友，又或兩邦政要假裝示好。這是哪門子的慣技，老子不作興。大搖大擺揚長而去，看你奈何。真有你的，讓我瞥見你微笑的眼神，像沒事人似的，靜靜地又竟拿一部字典來看。神經病！

當年有一個冒失鬼，扁頭土腦的在有蓋操場瞎跑，撞傷了一個明顯發育不健全的中溫雞。中溫雞就是全校最弱小、受保護的中one生。那名小逗趣不找冤家理論，卻找上門來，向我這正在偷吃薯片的站崗領袖生告狀，我哪來的本事調查誰是誰非，揚手打發他：「快打鐘，排隊去，排隊去。」這時，賢叔經過，那隻小雞瞥見他胸前耀眼生輝的領袖生徽章，馬上轉移投案對象。只見賢叔氣定神閒，低頭細看中溫雞那雙閃亮的小心眼，以及他擦破表皮的手肋，柔和地問：「你能指出操場上哪名同學撞傷你嗎？」揮一揮手，大有任君指點之勢。我冷眼一旁，看你怎樣拆局。那小雞放大瞳孔張目四望，回頭委屈地搖頭：「風紀哥，那麼不負責任的人，撞傷人自是掉頭跑，我哪認得？」賢叔仍是那副慈目眉祥的眯煙笑容：「既然也找不到被告，這宗案要撤銷了！」他嘖嘖搖頭嘆謂：「你還要告誰？」那小子一時語塞，不知如何應對，手足無措，似有不忿。賢叔把肘子擱在小子的肩膊上，邊走邊柔聲細氣問他甚麼班甚麼名字，

一手拉他插入魚貫上課室的隊列，留下我愣在一旁，恍然發現上課鐘剛才響鬧過，我的薯片只好藏在褲袋內，下課再吃時已軟腍成不脆不鬆，失去吸引人的最好時機。

喪失福利的福利社

我上的這家聖納撒中學之所以座落在豪宅區與舊區交界的尷尬位置，聞說有一段因緣。當初這舊區大部份樓宇是戰前舊樓，由於區內很多小店售賣的日常用品衣褲鞋物十分廉宜，吸引了城內基層家庭聚居。不知甚麼時候開始，政府意識到要表現得為基層著想，宣稱為這區需要建設新校，與城中名校辦學團體共謀，發展社區教育事業。又不知是否巧合，學校成立不久，區內便猛烈推行社區重建計劃，地產數年間收購舊樓，一座座摩天豪宅拔地而立，小說也要上萬大元一呎，但奇怪的是豪宅總建在大街對面，新區與舊區楚河漢界。校門前的街道是區內主要的大馬路，豪宅總興建在街的另一面，聖納撒中學屈居在街道的一隅，位處七層舊式廠廈與戰前舊樓的交雜中，變成面對豪宅關注基層教育的神父學校。校方靠著長期學業監控和不斷比賽的業績，再加上基層想脫窮和深受知識改變命運洗腦所引發的勤學動機，學業成績總算比上不足，比下有餘。可是踏入十周年，始終未能由第二級榮登一級名校的寶座，發展毫無進寸。同學經過掛在禮堂最顯眼位置的橫幅"Study Hard! Play Hard!"，必然譏笑：Brain Hard! Die hard! 自嘲「腦」實，死「實」。

大家都覺得上至校董下至校長老師均被趕超名校的奇幻心理所迷惑，早會不斷訓斥同學不夠長進，倡求學不是求分數，要超越自己，勇往直前，無論成績和課外活動，都要投上百份百的認真和精力。可是這種健康得近乎有潔癖的求學精神沒有推動學校改革成城中名校。到底還欠甚麼？

建校十年，同學都在竊竊私語，還欠學生會。只有學生福利部，學校跟社區組織有甚麼分別。這福利部的存在的確是全港獨有的：福利部每年收學生五十元，專責代表同學訂購作業本、策劃二手課本買賣、校服，有時代收冷氣費和活動參加表格。每年一度辦謝師日，聲稱頌揚老師，實質強推紀念品，鼓勵學生買來賄賂老師，儼然是老師福利代表。提供可選購的謝師禮物有球拍、真絲領巾、手機套、名貴原子筆、真皮文件袋。窮困的，當然沒有一角幾毫可花，只好平時裝模作樣扮乖巧，幸好福利部印製多款謝卡，任每位同學免費取用，讓來自基層富貴的同學不致那麼寒酸。無論勤學或疏懶的，都趁這良機發揮所謂愛師愛校的精神。每位老師的座位都掛滿謝卡，大家名爭暗鬥，看誰得到最多禮物謝卡垂青，成為那年學生口頭秘密相傳的頂級老師Top Teacher。

可是最近福利部出了亂子。事緣福利部部長莊頌鳴在早會宣佈，下月舉行的謝師日，不再提供免費謝卡，外判一家承印賀卡的公司向學生介紹二百多款特色設計的致謝卡，學生可隨其喜好挑選款式甚至組合，例如可以雙面圖案，

單色四色或金銀邊，或加錢印上老師名字及致謝感言，所有款項和訂單交由賀卡公司負責。這可讓全校處於窮貧線下的同學炸開了鍋。且別論賀卡公司收費不菲，連我這個美術盲也看得出，賀卡公司瞄中我們的同學，沒有多餘錢花在印名字的門面花巧，只可以免為其難要他們一百大元一包五大張、設計過時的所謂金裝特價卡，其實是給他散貨。同學都說昂貴，那個由老師委派為福利部部長的莊頌鳴，又是總領袖生，是全校的優才生，在台上介紹計劃時，手擺在尾龍骨上，一副書生相：「我們的同學都是尊敬老師，愛護學校的，對嗎？近年來由福利部印製的謝卡成本上漲，比賀卡公司銷售的價錢更高，為鼓勵節儉的美德，作出這個安排。」他舉起手指，像天氣先生：「如果想更加節儉，我主張大家繪畫，既環保又有誠意。」

坐在我身旁的同學低頭嘆息，全校數十名老師怎畫得來。

只畫給任教自己班的老師，我說。

「那怎生了得？沒教我的明年來教，認出我沒送他謝卡怎辦？」

那就捎個色條，寫感恩語句。

他仰臉定睛看我，眼神十分詭異。「那麼不夠體面，比不送有甚麼分別？老師掛在教員室，埋怨我累他面目無光……」

旁邊的打訕：神經病，致謝講誠意，畫得好不好干事嗎？他們不是在比數量嗎？

「時代不同啦！」

有人說：「學校希望增加知名度，顯示謝卡的級數，吸引對面街的富家子。」隱約有人咬牙噴氣，自言自語，學校要組織記者來拍照發新聞呢。

我本身來自小康之家，因是獨生兒，又沒有信仰及所屬協會，呈分試成績又不理想，考不上頭三個志願，攪珠抽派第四志願一所中文中學，父母幾經折騰托人事安排我跨區插班，來到這所學校，所以文化上屬於異類。對於訂卡的安排，無可無不可，問爸爸拿數百塊錢謝師，估量他還會讚揚我懂得尊師重道，十元百塊當請老師吃飯也不為過，所以我對福利部的計劃並無異議。

「莊部長，請解釋一下，為甚麼聘用這家賀卡公司？」賢叔又來了！他舉手欠身站立，動作利落卻一點笑容也沒有，嚇得莊頌鳴如臨大敵。莊部長吞嚥唾液回答：

「因為他們提供特價謝卡套餐……」

「有沒有向找其他賀卡公司打價比較？減省印製免費謝卡的支持款項會用在甚麼福利上？」賢叔的輕輕愛心提醒，引發了學生之間一點小小騷動，尤其是勒緊褲帶的同學。這時，訓導主任歐陽君珍老師站出來說：如要查詢訂購謝卡事宜，請與每班班代表聯絡，並催促同學上課室。

這事之後，學校不知從哪裏開始鑽出一個傳聞：賀卡公司是校長遠房親戚開的，為了助他們增加收入，提出推銷

謝卡的建議。賀卡公司原來也是學校校刊的承印商，關係
千絲萬縷。當然大家也猜到，校長這回可爭取減省校刊的
印刷費。但是有人開始鬧哄哄懷疑，校長私吞印刷費的折
扣作佣金。我自是百思不得其解，以校長的薪水，有必要貪
這小便宜嗎？但大家都找不到理由為甚麼在沒有徵詢同
學的意見，決定太倉卒，就硬推計劃，有此地無銀之嫌。負
擔不起的基層同學自是深信不移。加上賢叔提醒我們，市
面還有更廉價的賀卡，福利部事前沒有打價，程序值得商
榷，何況，部長從未交代省回款項作何用途。傳言愈炒愈
熱，素識大體的莊頌鳴在一次宣傳謝師日活動的機會，請
校長先灑溫情牌。校長滿頭白髮的神父，黑呢高領的製服
下包裹住渾圓的肚皮，談吐溫文柔和，永遠像在你耳邊呵
氣。我們都覺得他是富家子弟，為愛情出家當神父，因為他
喝水時總喜愛把水杯打圈搖晃，像極在品紅酒的專家。他
上台說甚麼心意勝於一切，聖納撒的好學生向來愛師也愛
校，鼓勵同學花心思創意向老師表達謝意，大有講心不講
金之意。跟著副校長查克廉神父上台廠詞正色：謠言止於
智者，造謠者惡搞校長影響校譽，手段卑鄙，如果查出是
誰必揪出來嚴懲。他們一柔一剛，大家聽罷面面相覷，心
裏嘀咕。這種時候理應交代福利金的用途，而不是責備。
我們哪知誰是造謠者，大家關心的是自己的荷包。大家都
在抱怨，沒有福利的福利部，還算哪門子的福利部。

　　謝師日在一片罷消費的聲浪結束，結果謝卡滯銷。我當

然好漢不吃眼前虧，為免秋後算帳，遵循校方期望訂購謝卡。可是同學卻大鳴大放，有的聚攏家中的「環保」物資，聲稱為地球出力，老師看來贊成極了。老實說，富有人家囤積大量連包裝未拆的物品，總比一張卡紙來得實用。有同學把美術課或木工課的作品呈獻，經校長訓話老師們也不得不強裝感動笑納。家政課的糕點大派用場，有同學更把過往比賽的獎牌獎狀轉贈老師聊表師恩莫忘，果然環保又省力。面子攸關，老師總不會不領情的。謝師日的問題解決了，最離譜的沒有人交代福利金的去向。同學之間開始意識到，福利部沒有同學代表，只有由校長及老師推舉的部長及副部長，構成只需向老師交代不必向同學負責的弊病。幸虧討論很快給每年一度的盛事所覆蓋，善忘的學生為了爭奪全校辯論比賽的金杯而熱心學習起來。

不穿校服的學生是學生嗎？

我校的辯論比賽是一年一度的盛事，勝出者可以代表學校參加全港中學生辯論比賽。社際的名稱是沒頭沒勁兒的殘缺彩虹七色紅橙黃綠白藍紫。社的運作也奇特，每年重新抽籤決定屬社，好像怕固定下來同學會結社結黨。聽說有同學七年換了七個社，若不活躍，只代表每年穿不同顏色的社徽，坐在不同位置的觀眾席。社與學校生活，可以是過眼雲煙，無關痛癢。

　　我素來對比賽不熱衷，但成績又不突出，要在這所學校平安度日，總得假裝積極。校外比賽壓力太大，所以我挑選較容易的、不用技能的辯論。通常三甲不入我安安份份做回觀眾。偏偏教中文的買Sir人稱買師長，挑選我和賢叔組成白社代表，還包括鄰班秀外慧中的美少女余嫣媚，人如其名，嫣然一笑嬌媚迷人，人見人愛，儼然是一朵讓人充滿幻想的校花。

　　呂秀彩成績優異，品行良好，讀起書來那勁頭最咬牙切齒，去年是橙社的副社長，今年榮升紅社社長。加上大內高手莊頌鳴，外添校花的閨友肥蘭，綽號叫大詞典，記憶力特強，給送到呂秀彩手中，構成鐵三角，如虎添翼。我白社凶多吉少。誰知聽聞余嫣媚給哪件大喇叭瞎吹，以為我想追求她，偷偷跑去跟肥蘭哭訴。這肥蘭果真是個人物，不動聲色，不知施甚麼法術趕得及黑廂掉包，把我蒙在鼓裏。在一個陰晴不定的清晨，氣咻咻的把一疊資料擲在我面前，吆喝一聲：「幹，啃下它們！」沒頭沒腦的，幹甚麼？及至我弄清楚啃甚麼一回事，賢叔已到埗約好了肥蘭商討對策的時間。我生氣了，誰可以告訴我辯題！得來的回答更驚人：

　　第一場的辯題是：上學不用穿校服。

　　第二場的辯題更是脫褲子放屁：校規能促進學習

　　誰都聽得出這是坑反方的。

第三場自由辯題，雙方出題，即場抽籤決定，生死決。

第三場不用理會。賽例是三局兩勝，活像布剪槌。自然兩場一過，傳統上辯題都無非設定來教育同學，勝負單看論題已早定，或江湖傳聞的內定，校長早屬意誰人代表學校參賽就會是誰人勝出。

第一場我們是正方，我完全沒有勝算，當然自願做第一辯。賢叔是主辯，率先開腔，竟從上學的定義說起，把本來濫竽充數準備把耳朵關起來的紅白兩社同學都喚醒過來，連一個呵欠都沒打。

「當我們討論，上學做甚麼，不用做甚麼，首先要問的：上學的目的是甚麼？上學的意義是甚麼？上學的目的是接受教育。一般人說教育是教化培育；但教化甚麼培育甚麼？有說教育的目的，一是學做人，二是學會學習。拉丁文教育 educate 一字前面的 e 這個詞綴有「出」的意思，代表導出、引出，從字的根源來看，教育是通過一些方法使潛在身體及心靈內裏的素質激發出來。英國哲學家史賓沙說教育是為未來生活作準備。中國知名教育家陶行知也說：『教育是依據生活、為了生活的『生活教育』，培養有行動能力、思考能力和創造力的人。』上學就是把這一切教育本質促成在一所名叫學校的實體空間內，但教育最根柢的本質應該沒有區分的……」

坐前排的紅社小伙子隱約驚嘆：好深的學問啊！甚麼大哲人都搬出來了。旁邊的呢喃：「我媽說不好好讀書將來討

飯吃。」「我見過街上討飯吃的寫得一手深僻的字，似乎比我們念的書還多。」再回望對家的校花，她的眼光停佇在賢叔的側影上。怎麼？你是敵軍！你要投降嗎？

「學校教育更有啟蒙作用，啟蒙就是喚醒，根據Michelli & Keiser在2005年的講法，是為公民參與民主選舉作準備——」離題了，我心冒汗，拐那麼大的彎？拜託入正題。我仰頭瞥見他耳鬢有一條銀白色的毛髮，直想替他拔掉。這時不識趣的肥蘭推一推我的手肘，遞我一張小字條：「學校教育不一定也不止是社化過程」。我正思索箇中玄機，只聽見賢叔又來他拔高強調的壯音：「教育重要的不是往車上塞貨，而是向油箱裏注油，學校，為我們長大成人之前預備創造生活、懂得生活的能量。校服，在注入能量的過程便變得可有可無了。總括而言，無論是以上任何一種教育的目的，學校提供特定時間和場所給予教育，所得教育與有沒有穿校服，並無必然關係，所以，『上學不用穿校服』是成立的。」

呂秀彩也不是省油的燈，不甘示弱，站起來發言便一輪機關槍掃射，全都朝著賢叔反駁：「第一，我同意正方說教育的目的是教化，學做人。但這說法太籠統了。而且學校教育與一般教育不同。第二，既然正方主辯同意，學校是實踐教育的實體空間，這空間是社會的縮影。我承接再補充一下，學校教育是根據一定的社會現實和未來的需要，遵循年輕一代身心發展的規律，有目的、有計劃、有組織、有系統地引導受教育者獲得知識技能，以便把受教育者培養

成為適應社會甚至工作的需要和促進社會發展的人。相對廣泛教育，學校訓練下一代成為成熟的人，學校教育不是隨意的而是有規範的。校服標誌著受教育者接受規範，促進社會發展中需要接受法規律例的規範和約束，校服多少是這方面的體現。」

呂秀彩左一句受教育者，右一句受教育者，聽得人耳窩發癢耳孔出沙，很不順耳。她說話的方式很面熟，很多宏大道理，句子十分複雜，總之弄得人糊裏糊塗，無法辯解。在甚麼地方見過？對！是查克廉神父！呂秀彩是女版查神父，像早會時那種大款講話，句句有力，字字生鞭。邏輯無可挑剔，就是欠了親切感，而且每次聽完，總有說不出的疑惑。

「在學校接受有系統的一系列正規教育，奠定發展與人格成長的基礎，讓我們順利進入社會，成為促進社會發展的可造之材。讓我也引述教育家的講法，校服，有助培養我們接受規範的約束，成為守法依法的公民，並對社群產生歸屬感，有利培養團體精神。」

我終於明白肥蘭字條上的奧秘。我對我最後那句近乎宣言的精句「教育不是社化過程，卻是教化過程」感到洋洋得意，連腰也扳直了。其實我負責提出例證，旁證沒有校服的學校仍能成功完成教育使命，美國一些公立學校不要求學生穿校服，讓他們自由決定。在西歐、澳洲，甚至非洲、印度及一些第三世界國家不用穿校服。

校花有校花的辦法，她根本沒有理睬我的論點和論據，

明顯照本宣科，看來有觀音兵為她預備講稿：「校服就像專業人士的制服，代表身份；我們是學生的身份，穿校服是身份的表徵。校服使學生在身份與社會其他人士區別開來：第一、有學生自身的約束力，有一種象徵意義。第二、校服還可以產生一種平等感，避免攀比之風在校園。第三；我校年輕歡笑聲充滿校園每一個角落，青春熱力，校服是最直觀最生動的載體，校園裏永遠流動的風景。」她的聲音嬌憨，內容動聽。三名評判反應大異其趣：校長聽得頻頻點頭讚許，賈師長卻不斷搖頭，只有歐陽老師一直在分紙上畫，好像有很多意見。

這時肥蘭又抵我的手肘，輕聲告訴我：「抄襲，全都是抄襲的，網上一家叫成都的校服公司的廣告。」

「你怎知道？」

「哪像你！我早已上網看過所有資料。」

「告發她！」

「我們可也引用過網上找來的資料啊！」

「開名，反駁時戳破她！」

「找死，要絕交嗎？」

「上場無朋友」

「教育應是一扇門，推開它，滿是陽光和鮮花，它能給小孩子帶來自信、快樂。穿上校服的孩子，我們便是充滿了自信和快樂的孩子。」校花真有你校花的花樣，這種說話只有

這種嬌嗔的人才配説出來。好肥蘭也夠朋友，為了日後好相見，四両撥千斤。矮矮胖胖的她中氣中足，劈頭一句：「如果推銷校服，這真的無話可説。如果從環保的角度，我們便發現校服的用途有限，卻浪費資源，對低收入家庭更是個負擔。孩子成長得快，一兩年間長高了，換過一套校服，舊得還簇新的。可是又不能在其他場合穿上……」有時我幻想，如果當年她再瘦一點，我再成熟一點，或許會向她展開追求。女性當中，不曾見過像她那麼尖鋭而充滿愛心的。

莊頌鳴為反方總結，取先天之利，從孟子得天下英才而教育之，到講論校服的存在有建立制度作用。他氣定神閒，儀表出眾：「令一個群體有系統、有秩序地生活和運作的條件，需要各種適合民情的制度來建立文明和推動發展；學校培養學生適應群體生活，學習適應社會中有利文明的發展制度，校服也擔當這個培養角色。試想：沒有學生的學校還算是學校嗎？同樣道理，不穿校服的學生還是學生嗎？多謝各位。」坐下來卻一直氣鼓鼓的瞄著賢叔，不知得罪了他甚麼。

沒有學生會的學生會甚麼？

不穿校服的學生怎麼不是學生，難道我們下課後在家中做作業時就不是學生嗎？放暑假時參加暑期活動就不是學生？連小學生也反感的歪理，想不到出自素來莊重自持

的莊頌鳴之口，而且，明明道理在我們這邊，但結果一如所料，紅社得評判兩票勝出，我方得一票。我看到莊頌鳴和呂秀彩站在台上，強擠出笑容——贏了賽事輸了口碑。不知怎的，我老想起《射雕英雄傳》裏的仇千仞和裘千尺這對兄妹。歐陽老師賽後拍拍我肩膊，讚我說話能力進步了，正方同學預備充足，那我們輸掉甚麼？歐陽老師莞爾不答。「你不覺得校長偏私嗎？」肥蘭問。賢叔是一貫神情自若的說：「勝敗乃兵家常事。」歐陽老師給了我們一盞大拇指，是這場賽事值回票價的回報。聞說她是哈佛大學教育博士，專門研究價值教育，建立了一套不知甚麼勞什子脫鈎理論，好像主張學習成果與分數脫鈎，為了印證和修正理論，去年屈就來聖納撒教書。聽說她是今年謝師日收最多禮物的老師。

這場賽事以後，同學間開始流傳一種令校長尷尬的說法：沒有學生的學校不算是學校，沒有校長的學校反而仍是學校。大家瘋傳得高興，熱烈地討論學校要不要校服，繼而又肆無忌憚地討論沒有老師的學校可以學習嗎？最初無非發洩多年來校內比賽勝敗無憑的不滿，其實沒有認真想過後果。不久大家卻認真起來，變成探討學校教育到底是怎麼一回事。這反應大失學校的預算，原先借辯題讓同學更明白校服的重要，順便製造開放的學習氣氛，現在適得其反。賈師長以「學校教育所為何事」為題叫學生作文，聽說是校長的意思，想學生重回討論教育的正軌，誰知更

加推波助瀾。賢叔以「發展學生個性，發掘學生價值」為主題寫了一篇高分文章，老師沒有張貼壁報版，有人卻把它上載臉書，給瘋傳開來。大家都說莊頌鳴的「貼堂」文「為社會培養可造可用之材」太現實了，給比下去了。

第二場辯論比賽，我們抽到反方。肥蘭氣急敗壞，滿頭大汗跑到我們面對，一雙瞳孔紅紅的扣著血絲。賢叔最冷靜，嘴巴沒張得很大，只拋了一句：「只需要證明，不是所有校規能促成學習，辯題便不成立。」不用贅述，對手當然引述手冊作皇牌：校規具一定約束和指導作用，目的是利於學生學習，營造良好學習環境和條件。我方沒有宏大敍述作撒手鐧，獨沽一味，拿出證據，不是所有校規都為了利於學習。我貢獻學校所有頒布過的校規，賢叔鑽研了一個晚上，找到了數條頗為吊詭的學生守則：

「一切出版、表演、集會、組織、活動、募捐，須經校方同意和老師督導下進行。」這是不是有利學習，很難說。「賢叔，你這模稜兩可，怎算辯證。」我嘀咕。他的意思是，既存疑，就是不一定，這不一定與學習有關。肥蘭忽然打通經脈似的：「如果我們想辦一些活動，發揮創意，無論怎樣，都要校方同意，校規付予校方約束力，約束學生行為。」賢叔忽然低頭，自言自語說：如果我們有學生會，可以自由組織集會，辦出版和學生活動，你說多好。我仍然腦便秘，不能打通。學校不是幫助我們好好學習，才定下這規距嗎？我認為啊，隨便找些話來論說，總比得罪師長為妙。

橫豎我方先天失利。

「不准學生帶與學科無關的物品回校。」這一條，賢叔沒說話，只從書包拿出很多與學校無關的東西來：父母的相片、超市卡、史諾比筆袋吊飾、零食店優惠證、橡皮圈，咦，橡皮圈，老師用橡皮束起作業。賢叔眼梢瞇成線，似笑非笑，「要一盒那麼多？我用來造橡皮繩。」還有一條：「不准喝咖啡和可樂」。賢叔堅定否決了這一項，咖啡和可樂有影響腦部發育的咖啡因，不喝有利學習。肥蘭更厲害，她搜羅了各家名校的校規，尋找訂定校規的守則和方法，竟發現有一家胡萊紀念中學，網頁校董會一欄校規實施目的是「培養自律自制能力，落實法治精神」。有一家儒釋道喜德中學更妙，校規是為了實踐愛人愛己的任務。到底是無欲無求的南無阿彌佗還存留愛心，還是講孔孟的仁愛，我好混淆。鄰區一家名校竟有一項：「男女生不准一對一在一起」。

這段時間的確發生了一段小插曲。周五下課後，約了肥蘭和賢叔談辯論比賽的發言內容，為免給別社偷聽到，我建議在停車場旁的花圃後有大紅花掩護處商量。肥蘭不同班，我和賢叔先一起前往。誰知在花圃目睹高俊的莊頌鳴摟著校花，校花仰臉瞥見我們，有點不知所措，一雙杏眼深深埋藏著複雜的惶惑，我來不及看莊頌鳴垂下手的尷尬，賢叔已把我拉開來離去。

「我去告發他們。」

「不要亂舉報。」賢叔的冷靜讓我驚訝。

「他們死定了！學校規定：男女生不准談戀愛。你做證人。」

賢叔突然漲紅臉，暴躁地叱喝我：「人家的事你管來幹啥？」

「難道白白錯過勝出機會？」

「你想勝出嗎？你想代表學校再比賽嗎？」他看見我猛搖頭，眼睛溜溜轉動，「這種時候告發，老師只會以為我們誣造，攻擊對手，大家都有四隻眼睛。你說老師相信誰？」

我們的商討會告吹，氣勢似乎沒有上一場勇猛。可是這場辯論不知怎的，卻釀成校規之爭。明明輸了三票，但賽事顛覆了整個校園文化，大家都把焦點放在新發現的校規裏——校規並不新，只是我們從不留意而已——包括：更衣室內不准洗澡。這條校規真不知與學習有甚麼關係，多想疲累時來個淋浴，不是更抖擻嗎？一直以來，同學以為更衣室的噴頭是壞的，但有同學見證過體育老師在那裏邊唱歌邊淋浴。另一條，上課時不准喝水。肥蘭找來醫學數據，人體血液有92%水，肌肉75%水，骨骼少說也有22%水，腦部含75%水份，吸收不足水份會影響腦部活動能力，令人容易疲倦。喝水更有減壓、夏天保持不過熱和冬天保暖的作用。

事情由擾擾攘攘到鬧得沸沸揚揚，大家也不知不覺捲入

校政漩渦，無法自拔。莊頌鳴負責的福利部，好歹出來講一番人話。他在早會上提議由福利金提供濕紙巾給大家運動後擦汗。一個冒失的初中生，眾目睽睽嘶叫：「我要淋浴！」莊頌鳴打死也不會失禮人前，他馬上作出反應：「你的意見我聽到了！這代表你個人的意見，或許讓我先搜攞其他同學的意見再作最適合大多數的決定。」他以為拖延一下，事情可以不了了之，殊不知賢叔跟肥蘭商定了一份問卷調查。他們曾問過我會否協助，我支吾以對佯稱考慮考慮，你說，做這種事，會有好下場嗎？誰知他問也不問，火速找來五十多名同學的支持，一同分發，進行意見大徵集，並把得出的統計結果，連同要求學校更改與學習無關的校規的同學姓名，複印成單張分散全校師生。老實說，我是勢成騎虎，最後一個填上姓名的。調查發現，原來大部份同學都想擁有在更衣室淋浴的權利，不介意上課暫時不喝水，卻期望增設水機。最意想不到的，是很多人在賢叔設計的問卷的其他意見欄上填寫：「設立學生會，取消福利部。」大家都說不出，為甚麼需要學生會，但問卷結果一出，大家都彷彿睡醒的晨鳥，不斷唧唧噥噥地找老師談學生會的事。

校方知道搞手來自我班，偽君子特意抽出一節美術課，向我們訓示：「十分欣賞和認同同學主動收集及表達意見，反映同學關心學校發展。校規是死的，人是活的，我們必須與時並進。但不要忘記我們也要尊重少數同學都在問

卷裏表示不想同學在學校內沐浴。在未能達成共識，大家必須遵守校規，勿試圖偷用更衣室的噴頭灑水。」

與此同時訓導歐陽老師和賈師長竟然撥出訓導處及中文組的報告板的空間，給同學發表意見。他們認為這是良好的學習機會，賈師長那古板頭腦在設方想法找同學寫作的機會，竟糊裏糊塗的做了幫兇。事情愈鬧愈擴大，有富裕家長誤以為學校食水受污染，每逢小息著傭人給孩子帶法國名牌飲用水來，看得人窩火。最後為平息事件，學校安裝了飲水機；又修改了規定，如有需要，同學可以在沒影響正常課堂秩序的情況下在更衣室淋浴，但基於安全理由校方不設熱水爐。

老實說，我也在問卷偷偷寫了「要求廁所加厚廁紙」和「強烈要求食物部提供可樂出售」，橫豎不記名。這意見輾轉傳到賈師長手上，他卻引述來講解中文的主語和謂語的關係。「同學要求的是學校加厚廁紙，廁所是不曉得也沒能力自己去加厚廁紙的。」在一片嘻笑聲中，我臉上發燙，斜斜瞥見賢叔默默無語，沒有留意我假裝笑得馬倒人翻。他掀開書頁，低頭寫字。原來他當日看過歷屆校報，發現第一屆校報記載聖納撒中學的建校規章裏曾提到成立學生會。事後他跟我說，成立學生會是他在畢業前可以為母校做的一件最有意義的事。

學生會讓我學會甚麼我不知道，沒有學生會我們不會甚

麼我倒清楚,因為那段章則說明了一切:「學校成立五年內得協助學生成立及組織學生會。學生會是學生自主的全校性組織,功能是代表學生向校方反映意見,校方也可藉學生會與同學溝通,解釋校方的政策和規定。同時學生會讓學生學習管理、組織、策劃學生活動,通過民主過程維護學生合理權益,從而豐富校園生活,提高學生的綜合管理素質,這是課堂上學不到的寶貴經驗。」

全校都在成立學生會的夢魘中,校方卻像沒事人一般,課照上,試照考,早會照宣傳求學不是求分數,把握機會超越自己。有一天,有人竟然把這段立校規章交給歐陽老師,張貼在訓導處的壁報版上。大家都讀過這段文字,連平時最不理是非的低班小茄也知道原來我們早應五年前成立了學生會,學生間一時炸開了鍋。立校規章只貼了兩天便給換上天天要洗手,病了戴口罩的海報。同一時間,莊頌鳴和校花在談戀愛的傳聞又甚囂塵上,賢叔開始比以前更安靜了。考試剛過,事情沒有隨著時間淡化,反而愈演愈烈。在這個科網時代,同學們都在微博、臉書、討論區討論這件事,發現全港大部份學校都設有學生會,不少學生會的幹事更由選舉產生,令我們羨慕不已。

飄風細雨的旗幟黃昏

下學期賈師長突然頂替歐陽老師負責訓導職務,似乎歐

陽老師失勢了。賈師長先下馬威，召集我們這群領袖生召開會議，著我們特別關注一些校內的秘密組織，因為未經校方同意的活動是犯校規的，包括收集意見的活動。我和賢叔打了個照面，他是朝著我們而來的。一名青光頭初中小風紀，馬上自首，怯懦地說：我跟一些志趣相投的同學組織集郵會，約了每逢星期四小息在禮堂旁聚頭，帶郵票回校彼此鑑賞交換。大家聽罷面面相覷，這怎算是秘密組織活動，只是同學之間交換郵票吧了。賈師長先是愣住了，隨之從容淺笑，開朗地大加讚揚：「同學夠老實、坦白，老師老懷安慰。明天代你向學校反映，辦一個小小的集郵會，給你們安排課室聚會。」小風紀更怯，慌張地連聲說多謝多謝。

就這樣開了先河，領袖生一下子報上來的秘密組織，少說也有二、三十個：有交換課外書的漂書黨；有定時定候在洗手間交換護膚品的魔女宅急便；有乒乓球組織，專門有組織及有系統地霸佔球桌，簡直長霸長有（真有你的辦法，難怪小息飯休總有人在打乒乓球卻永遠沒有人可以加入一局的傳聞）；有零食搜購大行動，大手入貨小息時分發，因為食物部的零食款式太少價錢太貴；有便宜會，輪流在香港運動日免費訂場打球，分享展覽館免費參觀的消息；富家子也有一手，定期組織會議交流名牌球衣的最新消息，集體訂購限量版球鞋、升級電子遊戲、全球首發手機；必勝優等生秘密組織最震撼，專門收集及囤積高年級的舊測驗和試卷連改正及答案，秘密供低年級同學溫習

用，因為大家都相信老師出題來來去去重重複複；有凡物共用團隊，來自基層的同學為省金錢，集合體育服、美術課的顏料、家政課的圍裙、英語課的視播學習套、普通話光碟這些指定必須購買而使用率低的物資，只要登記，提交一兩件物件，便可以參與凡物共用的計劃。還有最無奇不有的是認親認戚群組，他們秘密招攬合嘴型的同學，認作夫妻父子母女兄弟姊妹或表兄弟姊妹，但性別是亂來的，男可以是妻，女的可以是夫，定時在校園開大食會當家聚，「鬧著玩的，不是當真的⋯⋯」小毛頭莫學仁吃吃笑，竟猥褻地表示希望老師提供場地。嘩！真的奇形怪相，五花百門，應有盡有，蔚為奇觀。賈師長一時未能安撫所有需要，竟然施行妙計，說：「你們都告訴了我，即告訴了校方，就不是秘密組織。難得你們自主組織活動，充實學習機會和生活，作為訓導主任，我暫時同意你們進行這類活動，直至另行通知為止。散會。」離去時我敢肯定看見他腦後的青筋裂出一道河川來。離開時有同學咕嚕，原來福利部可以做的事那麼多。

賢叔步出教室，眼神遙望校門外跨過馬路的屋苑不知誰家窗戶，似乎滿懷心事。我隨他走到空無一人的操場上。我有點手足無措，無處下放，只好仰望遠方的天色，在這裏讀書那麼多年，竟不知道區內有這幅連綿的山巒匍匐，可惜今天沒有藍天白雲，山上青青灰灰，山雨欲來，我總有不好的預感。

他問我：「你的夢想是甚麼？」

我愣住了，沒有。我把話吞回了，用靦腆的微笑成功掩飾內心的慌張，他是看不出來的。

他告訴我：新生家長日，快升上中學的他心情忐忑，怕被人欺負，拉著母親的小手濕了一片。甫踏入看見滿山滿谷飄揚的旗幟，色彩繽紛，寫上很多美麗文字：自主，勤敏，聆聽，善良，正直，謙虛，聆聽，尊重，永恒，自由，在風中搖曳，像原野上奔馳的青春兒童，向他拍掌招手。父母心裏滿懷高興，他們在市場賣二手衣服用品，收入低微，只讀過小學，孩子超越了自己，早成為他們一生的驕傲。父親對賢叔說：「上中學了，要好好學做人！既然這學校收容你，你要好好讀書，好好的貢獻學校，將來貢獻社會。」

趕明年要考大學，從沒聽過父親大人用這種方法說話的我，幾乎以為頭頂有旗幟颯颯飛揚。賢叔忽然張開手，迎接著風，彷彿連接了未來，他升起，像紙鳶，飄遊在校園的上空，悠悠打轉，俯瞰每個角落，空中飄起雨粉，但他沒有下來的意思，不捨得回到人間。有時他像一把大傘蓬，倏忽，又變成拍打雙翅的飛鷹，銳目穿透校園，像機關槍射向每個角落，射出像豆大的雨珠闖入我的眼簾，見鬼！下雨了！

一連多天下著滂沱大雨，以為大家的欲望已隨雨水沖刷掉。誰知另有暗潮洶湧。鬱悶的下午，窗外雨涔涔把人焗壞了，我打開窗，看見一個個圓形的雨傘，不同顏色和花款，

像盛放的花蕾，從沒想像，我家校園有這種盛景。咦！有同學在校門外派發甚麼，糖果？不，是一張小紙條！塞向每名正要進入校門的同學。雖然雨傘遮遮掩掩，但偶然有消遙派不打傘，便露出端倪。他們接過紙條，神神秘秘，匆匆塞入袋口。我不想管甚麼來著，中午吃不夠飽，與其悶坐觀傘，不如找肥蘭取吃。她愛吃，經常身藏美食，惹人垂涎。誰知給我撞破了校花的秘密。我不是存心偷聽的，是肥蘭和校花在梯間轉角，陰聲細氣，我不好意思打訕，以為站一站稍待一會，偏聽到不應該聽的。

「你為甚麼不跟他表白？」肥蘭一面不耐煩。

「你說呢？」

「你好難了解啊，不喜歡就不要接受他。」肥蘭的話一出，我開始參悟當中玄機，她真的和莊頌鳴搞上了。

「我是要氣他。」校花嬌聲嗔氣騷騷軟軟。到底她要氣誰呢？

「你以為這樣可以解決問題？這不是跟自己過不去嗎？不值得」

「我就是不信我不值得他——」

「老師知道了怎麼辦？你這種人，不要說我批你的命，你要是這樣下去，是掘坑自埋。」

「老師知道更好，一了百了。」

「要不要我幫你一把，送你上斷頭台？」

「別管我。這是我的事！」校花惱了。想不到肥蘭跟校花吵嘴，竟然是為了兩個男人。我站在他們背後，他們鬧得聲如洪鐘，還沒意識我的存在。

「那次辯論比賽，你要求調組來氣他？」

「沒有！」校花大聲叱喝，原來她是火爆型。「是他偷偷要求賈老師，說這樣公平一點。你以為我是甚麼人！」說罷，她扭頭撒腳便走，剛與為真相詫異的我碰個滿懷。她漲紅了臉，睜圓杏眼大聲罵我：「冒失鬼！」我佯裝生氣，回她一句：「神經腦！」

她直直的撒腳奔下樓。我為了打圓場，故然嬉皮笑臉，回頭向肥蘭要薯片。肥蘭的眼珠兒紅紅的，抿著嘴巴，繃著圓潤的腮幫子快要決堤了！我從沒想過，肥蘭也有我見猶憐的一刻。因為這一刻，我決定不打算告訴賢叔這秘密，如今心生懊悔。如果賢叔知道了，後來的事情會如何發展，我今天仍然想知道。

我失魂落魄的下樓，手上空空如下。到了地下的有蓋操場，發現有人丟下濕透的紙條，有的已靡爛得面目模糊，有的文字清晰可見，有的鐵畫銀勾，有的圖文並茂。紙糊片片，像飄飛滿地的旗幟，沿校門直入操場的黃昏，佔領了整個校園。我撿執來看，蠻有創意又含蓄的口號：

「講真的。不是鬧著玩。」玩甚麼？秘密印製書籤，組織

派發?

「學會自主,自主會學。」這是誰幹的?

「學生會組織,會支持學校。」到底是學生會這組織會支持學校?還是學生這類人種會懂得組織,會支持學校?

「學生會嗎?會!」這張最狡點——

「學校沒有了學生不行

學生沒有了學生會不行」

這事我一直以為是賢叔的傑作,直至賢叔游說我加入他的參選內閣,我好奇問他,他反問我:「當時已是一發不可收拾的階段,是不是我發起,重要嗎?」直至畢業禮上,那天賢叔沒出席,有人拿字條當紀念品發散,舉神棍拿字條自拍合拍留念,有同學說:莫學仁真有辦法。他爸爸開印刷廠,不滿印賀卡公司,耿耿於懷。想不到,平素大吃大喝,吊兒郎當的人,骨子裏曾經是一條漢子。

沒有了新會長,沒有新學生會

那時有中四同學去鄰校參加校際數學比賽輸了,面目無光回來,投訴鄰校學生會組織啦啦隊,在場打氣之餘,每人派一罐可樂一包薯片。聽說他們的學生會幹事投得年宵攤位,大賣賺了一桶金,可以向同學提供額外福利。那班同學輸了馬鼻,回家忿忿不平,都是不夠推動力,於是寫信給校長,找幾個好友聯名,要求成立學生會。信的內容無

從稽查，聽聞發信者包括對面豪宅落戶的大財團董事的公子，他們對學校期望甚殷，沒有學生會的中學實在不成體統。校董會急召校長、副校長及家長會會長開高峰會議，決定計劃把福利會轉型為學生會。校長宣告為順利過度，莊頌鳴擔任第一屆學生會會長，福利部福利金轉帳給學生會，成為常費，其他幹事由老師挑選。

宣佈發出後，全校撕裂成兩幫人。有些巴結總領袖生的，大拍手掌，滿心盼望第一屆會長增加福利。另一批激烈反對，認為學生會不再是福利部，會長又是由老師決定，不是同學一人一票選出來，有欠公允，力主莊同學辭職。學校為了疏導學生的情緒，請了莫學仁家資助辦校園雜誌，讓同學抒述感懷，順便降溫。可是這樣更造就同學多元的討論，同學寫文章多不直指學生會，拐彎抹角，例如討論學生可以辦哪些自主組織活動。低年班有人要求新學生會透明幹事會組成、公開收支等，還有撰文談論述貧富懸殊、自由與自主、學會學習、學生活動的意義等等議題，有的還借古諷今，暗諷某人戀棧權貴，終會被歷史唾棄。我剎是意外，這高不成低不就的學校，竟能有這麼優質的討論？

某天週會，莊頌鳴神色凝重的端站在台上，向全體同學說：「作為學生會首任主席，我有責任推動學生會進一步發展。我個人完全同意學生會主席須代表學生，為同學表達意見，爭取福利，為了促成學生會組成份由全校學生選舉產生，我現在正式宣佈，舉辦首屆學生會幹事會選舉，

同時本人辭退會長一職，在兩個月後新會長選出後正式生效。」話未畢，台下猛地傳來霹霹啪啪的掌聲，忽有呼喊聲從初中隊伍傳來：「支持莊頌鳴同學，競選學生會會長。」說得正氣凜然，原來無非造勢。大半反對他的目睹欽點會長自我改造成民主英雄，十分迷惘。我細心觀察他那張俊俏臉孔，腮頰原有削出兩塊笑渦。他到底是怎樣的人，從來是一個謎。

截止報名前賢叔曾找我商量組成內閣參選，我馬上推搪，找死嗎？你看看推選學生會幹事會規則，馬上知道大家受騙了。

「學生會幹事會產生辦法：

幹事會成員包括會長、副會長及財政。

學生由老師推選，組成的三人內閣參選。

由學生投票選出內閣，每人不論班級成績，

每名同學均只限投一票。

獲最多票數者勝出。

幹事會任期一個學年。」

對於這換湯不換藥的做法同學竟然沒有反應。大抵學生會和幹事會成立在望，加上碰巧測驗週，大家的話題又轉風向了，所以直到報名前一天，竟然沒有人表示願意參選。賢叔的確曾游說我，但我何德何能？哪位老師願意做擔保？他說歐陽老師。我說，我只想無風無浪，就可以畢業。

找一家大學安身，好歹向父母有個交代。明年四、五月便考公開試了，這種吃力不討好的事情不要煩我。他說，歐陽老師告訴他目前還未有同學報名參選，著我參選，還推薦你。那又怎樣？為甚麼莊頌鳴不參選？這歐陽老師吃飽飯沒事幹，好管閒事！迷煙眼低頭呢喃：她說，有潛質的人要有機會才可發揮。你不是已成功爭取成立學生會，並有一人一票選舉幹事了嗎？要對同學有承擔。我說：那莊頌鳴幹啥不參選？沒料他那麼容易氣餒，咕嚕我再想辦法去……說罷默不作聲地離去，真討厭！三言兩語，總不跟人好好說話。不知怎的，我為自己的開脫感到沮喪。這姓歐陽的也不是浪得虛名，十年後，閱報發現這標題：「優秀教育家年獎得主歐陽君珍博士，不理分數，只講潛能，使屋邨學校搖身一變成名校」。始知道，我是有潛能的領袖生。可惜，實在太遲了！

一切實在太遲了。賢叔最後找莫學仁和肥蘭組成一個名叫「嘗閣」的三合一組織，成為唯一參選的隊伍。「嘗」就是嘗試的意思，又諧音「常覺」，取其經常自覺之意。可是消息一出，同學間便傳出流言蜚語，賢叔處心積慮，引進創校成立學生會章則，無非想當學生會會長，居心叵測。事實上，他的政綱也太菜鳥，竟然是：

「確立學生會會議規章

深化學生權益和義務。」

誰有興趣開大會，大家都想知道暑假前，那筆福利金的

去向。我也氣了，趁他們商討建議規章時直勾勾地找他們算帳：「你們聽不到同學訴求嗎？發還福利金！我雖不窮困，也懂得關懷貧窮，這筆福利金發回同學，要不，至少也提供一些福利。」

「福利事小，規章事大。這關乎學生會的長遠發展。」好小子，你這莫學仁竟要政客手段來。

「甚麼福利事小？我也是會員，我有權利反映意見，你要做幹事就要聽我的意見，就要改政綱。學生會沒有福利，算甚麼學生會？」我氣上心頭，平時最看他不順眼，好端端跟人家扮甚麼夫妻兒女，現在跟我講發展？

「討論章則，就是限制幹事會權力，其中一條可以是：幹事會不得以權謀私，一切支出，要按同學整體利益和考慮同學意願。收支帳目要一年公開兩次。」賢叔又來他這一套，我不受！我不夠你講！不要大道理！

「那我現在告訴你，就算不發還福利金，也得向學校爭取，小食部要有汽水售賣，廁所廁紙加厚——你聽是不聽？」

賢叔說要尊重大家商討出來的政綱，不能說改便改。

「說！你們是否不願意在政綱上落實福利去向？」肥蘭勸解我們，有事慢慢商量，她愈想勸阻，我愈是老羞成怒。

莫學仁別過頭來坐下，讀他桌面那部離奇的《會議倫理

與程序正義》。賢叔說：「政綱中深化學生權益，其中一項，學生會負責收集同學意見和訴求，為同學謀求福利。或者，我們考慮⋯⋯」我哪聽得入耳，拋下一句「假民主」，氣沖沖跑到操場去。這時正碰著成群的低年級嘍囉在竊竊私語。「陳叔賢逼走莊頌鳴」一句冒失的跑了出來。我側耳聽，怎麼？整個「嘗閣」被賢叔利用，作打擊莊頌鳴的工具？怎麼可能？不知怎的，我心理上開始有點同情莊頌鳴，情況就像你一直喜愛的紙包飲料，在網絡瘋傳生產商沒好好監察，給人注入了老鼠藥。明明沒有遇上這回事，也心虛開始不想再喝一樣。或許，他把輸掉面子掛不住。或許，他要賢叔面對沒有人競爭下當選而缺乏認受性的尷尬。或許⋯⋯

這時，同學間開始傳出選了學生會會長，也不能取回福利金的流言。這也難怪，他們只一窩心的想搞規章，大家的焦點卻眼下利害。可是他們還一味的辦討論會，沒有半點澄清的跡象，看來沒有競爭對手，的確減輕了他們的壓力。我得承認我是有點嫉妒他。我的氣還在心頭，所以選舉日，我明知他們勝算在握，為了一洩心頭之恨，下決心投反對票。事實上，直至半個月後，賢叔這小眼窩在禮堂的台上向全校同學鞠躬，抬頭時我瞥見他那雙迷人的單眼皮，這畫面構成我對他終生的定格。怎樣初相識時沒有發現？原來賢叔那副愛看字典的德性，不是凡夫俗子可以理解的一個人物，可惜當時意惘然。誰也沒法料到投票結果是如此：

贊成 ： 297票

反對 ： 299票

棄權 ： 125 票

　　結果一出，肥蘭嘩的一聲大哭起來！賢叔臉上有一點點錯愕，旋即冷靜下來，欠身走上台中，向全校同學彎腰深深鞠躬，端立時嘴巴微翹，似笑非笑，但眼神篤定，一點失落的情緒也沒有。在擴音器前柔和地說：「謝謝。」我仰望禮堂上的校徽與訓言，Study和Play字都顯得不重要，只嘆Hard字與我的心同照——好艱難啊，怎能接受這種結果呢？他們明顯沒有改變初衷，在學生大會上，侃侃而談甚麼會章的重要，甚麼保障權益和長遠發展，這些詞語大家似乎聽膩了。悔不當初，為甚麼不留下與他並肩？當然有很多事後孔明檢討賽果，分析因為中五中七生畢業試在即，一一棄權，削弱了力量。傳聞反對票多來自低年班，他們嫌沒有薯片承諾而集體杯葛「嘗閣」。肥蘭問我投了甚麼，我當然托詞以對，只聽她悻悻然：嫣媚重色輕友，請甚麼病假……

　　沒有新會長，沒有新學生會，一切照舊。校長表示，由於快要考試，不宜舉行活動，還大肆讚揚莊頌鳴不計前嫌，臨危授命，願意重掌學生會，與校長委派的呂秀彩和莫學仁組成幹事會。莫學仁！他上位了！把那部「會議倫理與程序正義」拋諸腦後，學生會又變回福利部，在考試時大灑金錢，派可樂和薯片，辦試後活動，叫富家子把家中玩厭的遊戲機帶回校，大搞快樂校園，問明老師在禮堂播放影

片，不論富窮，都樂呵呵渾忘了學生會和福利部的分別。大家都渾忘了謝師卡事件以及爾後種種。奇怪的，賢叔如沒事人，一點沮喪也沒有，還是用他那摺疊的眉心看作業，只是眼神多了一點剛毅，成績還是比我好，而我亦早已給偽君子調到另一疑似高材生的身旁，直至畢業，也沒再與他成為鄰居。畢業典禮賢叔缺席了，我以為他心裏懷恨。後來輾轉得知，他拿了獎學金，要趕赴英國留學。聽説，唸的是法律。很多年後，有人在中區遇見他，知道他真的當上了大法官。而佔領我的中學記憶，就這麼多！

吳美筠，文學人、藝評人、學術人。研究時想創作，創作時想上街，上街時想寫詩，寫詩時最快樂。首位香港文學雙年獎詩獎得獎者，曾辦多種香港文學刊物，擔任香港書獎、中文文學獎、青年文學獎、湯清文藝獎等評判。出版詩集《時間的靜止》、《第四個上午》、《我們是那麼接近》；小說《愛情卡拉OK》、《雷明9876》等。現任國際演藝評論家協會（香港分會）董事、香港文學評論學會主席。香港藝發局民選委員及文學組主席(2014-2016)，於大專院校教授創作及文學。

這是我平生第一次掃街，

掃帚成為一雙延伸的手，笨拙地為熱哭的街道抹身。

它真的很髒，惡臭，噁心。而且有些老，

很多歷史髒物隱藏在摺疊裡。

昨天一晚它又收起了多少汗水、尖叫、憤怒、怒罵、驚恐？

俞若玫

海上蜻蜓

　　蜻蜓停駐在繩結上，安靜如等待音樂揚起。街燈慷慨地關注著所有黃色。幽微的金光從透明的翅膀泛起，前前後後，時隱時現，讓人想起酒後的希望。蜻蜓以為自己在海上。我也以為是。

　　是她領我來這裏的。黃昏時，地鐵車廂門打開，我們站好，緊抓任何扶手，準備跟迎面衝過來趕著回家的勞累戰士搏鬥，她忽然拉著我手，輕輕問：妳知道甚麼是陸上行舟嗎？我答：不知道。她第一次拉我的手。她的手很暖。

　　於是，深宵，我們來了。來了旺角。我沒有問為何。不需要。旺角永遠魔幻，又是天堂，又是地獄。同一個街號，垂

直生著不同事情的種子。説不定陸上行舟是一間新店，一種菜式，一款遊戲，一座迷宮，一種人，或一整個世界。

今夜，我們沒有在垂直的天地闖關，卻在街上橫行。慢慢的。佔據的。浸淹的。沒有確切計劃，就是一直走，腳踏實地，在本來是車水馬龍的柏油路，一步一步，走著，塗畫著。染體。穿越。人群。些微失常。各種異相。關閘。風雨都來。有人期盼。有人追認。有人痕癢。停車。她的手沒有放開過我。

她是我二百一十六個學生其中一個。她修我一科。不是必修的。每次遲到。不特別。記得她是因為她會亮著眼睛聽妳説任何一個細節。也會追問。問妳從A推到B的理據。有沒有因果以外的關係。為何不能用C來形容。D其實是不是否定/解構A。但換過閱讀框架，D其實為A建構有利條件？妳同不同意。她就要一個妳的答案。不要含混。只要乾脆。必答。妳明明是老師。妳一定有價值判斷，在哪？為何？如何？個別？整全？終結是不是另一種開始？海棉的堅執。或。消費者的權益。或。影子尋找鏡子。老師都會喜歡愛思考的學生。我喜歡愛思考的女孩。女孩。原來。是。索性把回答的時間拉長。足夠去看。看。她。她等待的樣子。把身子拉後。歪歪咀。順勢把長髮捲成一圈，拿起甚麼把它們固定。雙手頸項腰線面型。線條在疊合。一條線。通往你我的眼睛。看著妳。等。答案。終極的。我沒有。怎會有。世上沒有便宜的邏輯。迷底同時掀動另一個迷語。她把眼

睛移開，放得很遠，很遠。

真不會有等值的時間，年輕人寧花在挫敗也不肯花在等待，中年人以猶豫享用，老年人用回憶來倒數。大家都在浮冰上抓泥。太陽方向一直不明。變化急遽。生了根，轉身，較難。成本過高。

是借口還是事實，用上句號，還是分號？

課室裏，我說書寫可以是自我建構的過程，也可以是一場演出，我們在扮演自己投射的自我，所謂完整的自我，只是一場自欺的戲碼。她拉長頸子，看我一眼，有利光，忍不了，要爆出自己也不知是甚麼的樣子，大聲在位子叫出來：「行動罷，直接行動不是建立自我更好的方法嗎？」「書寫也是行動的一種。」我答。「我們現在需要有身體的直接行動呀。」全班無話。她順勢站起來，疏怯而真誠地游說同學參加學生運動，「分數幾時都可以再拿的，但爭取普選的機會只有一次，同學，我們都在彰顯學生這個獨特的身份，為自己的未來行動罷，我們沒有政治、社會、經濟包袱，不似我們上一輩人。我們不是演出，我們在玩真的。」她看了我一眼。我以苦笑迎接。

9月22日，大專罷課。班上有三幾個同學參與。她再沒來上課。我繼續在愈來愈大的班房，靠自己的回音餵飼。

其實，旺角根本是個大草原。晚來，有細雨，地鐵開出最後一班列車，抗爭遊行要回家的就帶著所謂的理性文明及

到此一遊的相片回家了。墨色漸濃。街角後巷泛起一個一個煙圈,似傷口般緩緩打開草原內在風景。各方英雄,漸漸靠攏,隨心泊岸,起營圍坐。

我倆從油麻地出發,沿彌敦道方向走向旺角。年青時也有參加抗爭行動。但過去的範式是:研究議題,定好策略,想好標語,寫新聞稿,廣發採通,聯絡記者及盟友,製作道具,通知相關單位,準時現身,叫響口號,交請願信或直接對話。散。但今次,沒想過,是一次回家運動。是的,不只是走上街行動,更是走上街回家。從前是集體叫價,體現(政黨)眾人意志。現在是很多很多的「我」在抗爭。大家從劏房、棺材房、黑箱屋邨、超市學校、屠房公司、迷宮婚姻走出來,出來,為的是回家。有天有地。更好的。應有的。

家。

沒有恐懼。

回家。

沒有恐懼。走進自主自在,收放隨心的自決空間。

回家的路上。

她一直挽著我,心情歡快,串門子一樣,帶我認識她的鄰友。

先是把帶來的生理鹽水、藥物放在物資站。

「物資站已有很多東西。但今晚可能有雨。現在開始冷。警察又最愛在天光前,人最累的時候來突擊。真不知

幾多物資才夠。」她以行軍的緊慎跟我説。

「其實誰負責處理物資？有存放或登記系統嗎？」我對著一堆又一堆小山説。

「沒有，都是義工自發打理的。」我點點頭，但眼睛説懷疑。

「信任，要信任人呀！來這裏都是自己人，想拿走佔用的話，由他罷，也許真的有需要呀。」

無私共享，竟從書本走出來，我嘆了一口長氣，社區內的互助信任也再不只是一個概念，我忍不了，拍了一張照片，覺得地上的物資，也似是我們放下的憤怒、壓迫、愛意及決心，奇形怪狀地現身和堆疊，願真有長期撐下去的準備。

下一站，她拉了我去聽音樂會。

所謂音樂會，其實就是在地上放下了各式各樣的簡單樂器，如手鼓，搖鼓，木笛，口琴一類，喜歡的，就拿起來，加入一齊玩。誰都可以成為街燈下的主角。但要排隊的。不要問樂器哪類來，要不要錢了。有人推了手提發電機來，於是就有了音響。清晨一時多，細雨停了，天很高，沒有星，街燈仍很亮，在我城最車水馬龍的商業中心，我們席地坐下來，放鬆神經，聽音樂，空間煞那無限大，可能性爆炸起來。改變了街道用途，是否也可以改變一切？我一邊想，一邊往附近士多買啤酒，送給聽歌的朋友。很想一起喝一杯。為釋放，為共享的此刻，為美麗的行動中人。她一直在旁。

前台來了位可愛的女孩子，十七八歲，短髮，圓面，稍胖，全黑衣，頭上結了個大紅蝴蝶結，笑起來，有點像宮崎駿動畫裏的女主角。她手拿木結他，慢慢調好弦線，有些羞澀，頭很低，手一掃，開腔唱，聲音竟然非常低迴，似在草原迷路走了一天的幼鹿在低頭喘息，每呼出一口氣，成為貼在地上的黑影。她閉上眼，吟唸起來：

我無草原
我無清風
我無涼水
點解我只可以同你講我無嘅嘢？

我係斑馬？
我係無根嘅草？
我係失憶嘅中國人？
我係無野嘅歷史孤兒？

我係無嘢？
我係我，就因為我無嘢？

聽著聽著，心跟著沉到湖底。她卻大力搖動我的手臂，得意地說：「好戲在後頭，妳一定要聽呀。」

果然，她突然變調，一下強烈掃弦，尖叫了一聲╳，即著了魔似的，變成另一頭猛獅：

╳

你無嘢

我有春青我有溫柔我有耐性我有努力去搵我嘅嘢

你唔該借歪

唔明嘢唔好扮

唔識嘢唔好話唔啱

唔知定嘢唔該借過歪　借歪　借歪　唔該借歪

╳

你無嘢

我有春青我有溫柔我有耐性我有努力去搵我嘅嘢

你唔該借歪

塊田明明你耕開又話我無嘢落地

個世界轉得快過你又話我無嘢識死

宜家要你行動你又話包袱重到落唔到地

╳

我有嘢

我有春青我有溫柔我有耐性我有努力去搵我嘅嘢

你唔該借歪

正聽得手舞足蹈時，一個超大的水彈突然從天而降，大家慌忙逃開，但，再來第二個，第三個，而且不是水，是有味的，尿彈。污水長長，一地成池，有人沾身。人人破口大罵。一次過，盡聽所有廣東話粗口的組合。

剛才唱歌的可愛女孩，卻非常冷靜，不停說：「唔好燥底，唔好中計呀！」「我地可能真係嘈親樓上嘅居民，唔好

畀口實對家呀，唔好畀傳媒寫我地係擾民嘅暴民呀！！」
「大家要小心行事呀！」

　　大家同一時間收聲，可愛女孩分析的確有理。她說，這位女孩的政治智慧真係「唔少嘢」。接著，又是施魔法的時間，不知哪裏有人傳來大小毛巾給大家清潔，也有三位南亞裔朋友變出水桶和地拖，開始清理場地。

　　看著他們快速又有效地清洗，大家都上前多謝他們。南亞裔朋友以非常流利及地道的廣東話回應說：「傻啦，唔駛多謝，我就住係附近，呢度都係我屋企，同你哋一齊進退，一齊被對家捉，一齊擋警棍，我哋先至覺得被接納，終於係地地道道嘅本地人啦。」

　　他們的笑容很美，很好看，似只會在豐收後的農夫臉上找到。

　　「佢哋係三兄弟㗎㗎，我仲去過許地屋企食飯，佢地媽媽教我用扁豆做飯，又紅又黃，好靚架，哈哈，其實到宜家我都唔識分巴基斯坦同印度人嘅分別，嘻嘻，仲有印度教同回教都係唔識分，雖然佢地都係我哋嘅鄰居。」

　　「慢慢來，認識一個文化系統，不是簡單的事，做了朋友，就是很好開始。」我答。「知道，Miizzzzzz」然後就踏跳踏跳地，叫我跟她去圖書館。

　　沿途，她遇上另外兩位好朋友，都是女孩子，三位身型氣質都很像，苗苗條條，長裙翻飛，拉拉笑笑，似在馬路跳

舞的天使，時而芭蕾轉身，時而肯肯踢腿，我在她們後面保母一樣跟著，也十足十在看一套不想完結的公路電影，是的，有點蒼涼，有點害怕陽光。

她們仨跟所有人都認識。我們先遇上一位推著改裝嬰兒車的伯伯。我數過了，車上載了八隻狗，都是一式一樣的貴婦狗，乖乖瞪著亮眼，好奇地望著每位過路的人。伯伯笑著說，「好難得，可以一次過帶啲仔女出嚟見下世面。」嬰兒車下面還有伯伯的所有家檔。

後來，女孩子們嚷著要吃東西，我們就坐在石壆上，光顧嫲嫲自家秘製糖水。嫲嫲本在大道橫街開小食店，最近封了路，手停口停，索性隨手拿幾個暖壺擺街檔，因為貨真價實，加上深宵糖水，實在窩心，生意做不停。所以，她不會怪責年青人佔路，但這樣的小商戶，只有小貓三四個。

圖書館就在吃糖水的地方附近。遠遠也看見了那個醒目的帳篷，不是甚麼詩意建築，偉大在一切就地取材，卡板沙發爛木頭破膠布，五顏六色，亂中有序，有型有格，藏書竟也不錯，還有清楚分類。全都是集合而來的。

可以想像，只要願意停下來，隨意坐在沙發上，無人會來干擾，心大可安放在書上，好好享受幾小時，而且隨意出入，一切免費，喜歡的也可以在旁邊開過吹水小組，議政談文學論藝術，有人想聽有人認真想說即成圈子。我從左邊踱步至右邊，千來呎空間，一寸寸地看，眼前不就是理

想的藝文生活嗎？不就是一直夢寐以求的公共空間？當空間被釋放後，我們自然會發揮可能性，創建公共生活，而且包容、共存。前面就有伯伯不停在爆粗：「你老母，我真係腳震呀，我呢我呢我六七年就食過催淚彈啦。」他旁邊就圍著六七年都未出世的年輕人，似明非明地聽著，同一街角，有另外幾十人站著討論傅柯的圓形監獄。大家也不會阻止幾位叔叔不停在銀行總行前破口大罵做咩搞╳亂個世界。而前方的商舖前面，同時圍著十來個工人討論著有沒有可能罷工、罷市來支援運動。

我在圖書館對面的路邊，坐下，看，好好地看。享受魔幻的此刻。分分秒秒。當下。都是真實。她也走過來陪我坐下。很喜歡此刻並肩的親密。她把手伸過來，說，送妳的。是甚麼。是一隻紙蜻蜓。她再指指上邊。滿天是輕輕軟軟的紙蜻蜓，淡黃色的，慢慢如絲帶降下。很美。不知是誰的魔法。這就是陸上行舟嗎？我問。不是。要再晚一些才看見。但，其實妳未必想看見。是嗎。且看。

圖書館突然傳來叫罵聲。聲音有些熟悉，原來是P。那位被同學笑稱為「毒孤求敗」的宅男生。他一直未能畢業，成績很不好。今年是第五年了。他一直很少上堂。態度也不好。學習動機是零。中英語文都不好。而且非常懶。沒有同學肯收他做組員。是老師見到就頭痛的學生。

P現在是圖書館館理員，她跟我說。他？P？我真很錯

愕。他超認真的。是嗎？我從未看過他認真的樣子。現在的他，滿臉通紅，原本已經不算小的圓頭紅得像熟透的士多啤梨，有點怪趣。他正跟幾位用家爭辯，他認為在圖書館不應吃東西，也最好不要嬉戲。而那幾位用家，卻不停反問規矩是誰定，如何發生的，而當中一位，更率先發難，說沙發是他拿過來的，如果要守一些他不同意的規矩，他會拿走沙發。P反問對方是不是威脅。P一口氣說出要維持書本清潔的重要性，「因為圖書館係大家嘅，我要好好保護佢。」他不停重複此要訣。引起其他人加入戰團。有人同意他的原意，更多人質疑他如何執行。

當我想加入討論時，另外的兩位女孩子怒氣沖沖走近我們。

妳們不是去了澆水嗎？她問。是呀，但被人臭罵了。有人笑我們小確幸，不著地，風風雨雨竟記掛著路邊的野草。又有人罵我們想引起傳媒關注。想出名。最討厭是那些大男人，我很有禮貌地煩他們讓開小小位置給妳澆水，他們完全當妳透明，不屑去望妳在做甚麼，總之甚麼都不可以。他們做的才是大事。其實，也不過坐著吹水。唉。為何社運不可有方方面面的照顧？去維持最卑微的小生命的生存條件不重要嗎？花草不也是生命嗎？是因為我們佔了路，花草才沒有工人照顧的。她們說著說著，眼睛都紅了。

我不懂安慰她們。那份委屈是多麼真實。

她忽然想起甚麼好玩的東西似的，說：「不如我地去掃街，銀行前地鐵口那個位置真的很恐怖。」差不多要哭出來的兩位澆水女孩想了想，轉了轉眼珠，一起說：「好啦！」她再說：「唔好畀傳媒及對家覺得我哋不停製造垃圾，破壞公眾秩序及衛生。為了爭取更多人支持運動，let's gogogo。」

三位美麗女孩又活起來，也沒有問我去不去，就挽著我一起走向垃圾房。

她們的親和力真的厲害，連垃圾房的姐姐叔叔也給混熟了，可以自由進出，可以想借甚麼都可以。清潔隊長大叔還笑她們比他的手下還要勤奮。我們帶著手套、掃帚、大型黑色垃圾袋出發。目的地是昨晚凌晨時份，發生過大型衝突，警察拉起四面紅旗，出動百多位防暴，又打人又放催淚彈的地方。今晚，好像平靜了一點。警方布防稍弱。但較前位置的十字路口，仍然緊張，一排排軍裝警察嚴守交通要塞，跟對面的群眾幾近貼著鼻子對峙。

這是我平生第一次掃街，掃帚成為一雙延伸的手，笨拙地為熟悉的街道抹身。它真的很髒，惡臭，嘔心。而且有些老，很多歷史髒物隱藏在摺疊裏。昨天一晚它又收起了多少汗水、尖叫、憤淚、怒罵、驚恐？現在，地上滿滿是暴力留下的腥味，催淚的辛辣餘悸，謊言的彈殼，專政的拳套，畏弱的髮屑，失敗的雨衣，真想狠狠地把這些污物清除，

使勁地，一下一下，再一下一下，生疏而用力，微小，幾近徒
勞，希望以最基本最原始的方法去清洗髒物。

　　人聲忽然沸騰，十字路口又出事了。她看過電話，機靈
地跟其他女孩打個眼色，給我一個微笑，拍拍我的肩，說：
「保重呀，她們會照顧妳的。」轉身就在袋裏拿出行裝，一
邊戴上口罩，一邊往十字路口方向跑。我想跟著走，二個女
孩卻拉著我。

　　怎會有種出戰的離愁？情緒化如此，是不是太便宜，太
似肥皂劇式悲秋？明明身在戰場了。我問兩位女孩來了多
久。她們答，運動開始，一直留守。為何不走上前。她們當
中一個開始打呵欠。另一個說，其實晚晚如此，虛火處處，
隨時有人大叫有鬼，冷不防又有人說警察在佈防，快些歸
位，已習慣了這種不定期的神經緊張，最後只能相信自己的
直覺，而她們知道現時情況仍然良好。是嗎。但真的很想
上前看看。好吧。知道妳擔心她。雖然這是多餘的。結果，
她們還是左右夾伴，一起上前方。

　　所謂前方，也不過是接近十字路口一百多米的距離，帳
幕較密集，三三兩兩挨近，很有小村落味道的區域。大家
和而不同，各有天地，有唱歌嬉笑，有塔羅占卜，有讀經靜
修，有高談議政，有小情人相擁席地而睡，有小手作藝術
行動，政治和生活成為一體，佔領進佔日常，重點除了要癱
瘓大機器正常運作，也讓小個體去爆發，去展示自己可能

只是很謙卑的理想生活形態，這已是一種政治表態，也是
行動，即管大家都知道未必有成果的。走著走著，莫名的
悲慟湧上，自己有點像幽靈，在現實的殘酷和堅守理想的
悲壯間飄盪，在幻象一樣破地而起的真實道德批判間走
動，在烏托邦真實呈現而勢必快速破滅的悲喜情緒裏起
跌，在細想「重奪」兩個字的歷史厚道和社會基因的自省裏
翻騰，眼前都真實得很虛幻。但，警察狗官同樣得到充權。
暴力是真的。警棍是真的。拳頭是真的。血肉是真的。理想
都是真的。

　　坐在戰線最前方的人，差不多可以跟暴警交換呼吸，當
中有不同成份、年紀、性別，也有不少長者，我突然看見
他，是大學時的老師。他沒變，只更瘦弱，更像靠在圖書館
看報吸食跟社會最後連接的孤獨憤老。很想上前向他問
好。他大概不記得我。當年，我們大吵了一次。因為，黑色的
下雨天。六月五日。我在班上叫同學罷課去支援學生運動。
他不但不支持，還用成績來阻嚇我，說我再缺席就不能畢
業。我不怕。我說。再狠狠地放下一句：「老師，我看你不
起，你教的是中國文化要義。」之後，我們一直沒見。有聽
過他出入精神病院的消息。有聽過他被學生投訴教學不
善。現在，他在，他就在最前線，做他想做的事，我好想上
前問候他，跟他說，對不起，老師，當年我太無禮，現在我
是老師，我明白。腳正要拉開時，再想，今天的我，跟當年
的他，又有多少距離？

此時，三時多，有人大叫「小心有鬼」，我舉頭一看，看見她飛過，是真的飛過，她多輕盈，戴上口罩，一身裝備，三爬兩撥越過人群，踏上中間石壆，再爬上街燈，張望形勢，十足海軍裏的哨兵。她原來走得很前。一下子，她整個人都不同了。身體雖全被覆蓋，只看見眼睛，閃出機警而憤恨的亮火，身體狀態一下子也變了樣，鬆開不再，散發著隨時出手還擊的狠勁。這是另一個她。都是她。行動中的。我也曾有過的勁。為生活博擊的勁。為認為對的事而奮勇博擊。為愛一個地方而奮勇。為愛而改變。為改變而戰。都曾是我。另一個我。沉默中的。今天。

影子在找鏡子。

大家都緊張起來。很多人從營內出來，換上土炮的裝備，又是一個長夜了。

大概，上天也累了，開始下雨。追上來的兩個女孩子，把我領到後下方一個沒有蓋的位置。正要好奇問為何要來這裏避雨，一位滿臉大鬍子，身體短小精悍，輪廓分明，行動利落，頭髮銀白的伯伯出來指點大家，「拉好左邊」，「打好船頭繩」，「兩邊準備好未」，大叫一聲「起」，一個寬大穩實的大帳篷站起來了，不，是一隻大船由此起航。大家興高彩烈地坐下。她也來了，滿有把握地說外邊暫時平靜，今晚不如就在這裏睡。這個就是陸上行舟？我問。是呀。伯伯從前是船長，有四、五十年航海經驗，他每晚都要來這裏巡查，有時教我們打繩結，有時教我們起帆，他最在

意的是，要確保每個船頭結都打得穩實，把所有帳篷連在一起，大風大雨也不怕了。多美。船長肯定是位詩人。風雨大海是他的標點。連結是他的修辭。

這樣的晚上，濕寒，不安，警覺，又帶點幸福，很難入眠。蜻蜓來了，停駐在繩結，安靜如等待音樂揚起。我本想說服她回校上課，反過來被她領到這裏。是我撈起她，還是她撈起了我？她睡了。此刻安安靜靜地躺在旁。我相信身在海上，駛向金光，駛向未知的、更廣闊的可能。

俞若玫，先後任職記者、編輯、公關宣傳、創作總監、專欄作家等等，現為獨立創作人及兼職講師。曾出版四本短篇小說集及一本訪問集。也策劃及執行大型文化活動。現正在土瓜灣展開社群藝術計劃《銀青乒乓》，希望打開銀髮創造力，打開協作及對話平台。同時，繼續從事文本創作，包括小說、現代詩、劇場文本及舞評，作品散見報章雜誌及國際演藝評論家協會出版平台。作品《耳搖搖》(2013)是前進進新文本戲劇節節目之一。也以舞者身份參加即興舞蹈的演出，如「台灣藝穗節」2012、浙江「烏鎮藝術節」2016等等。

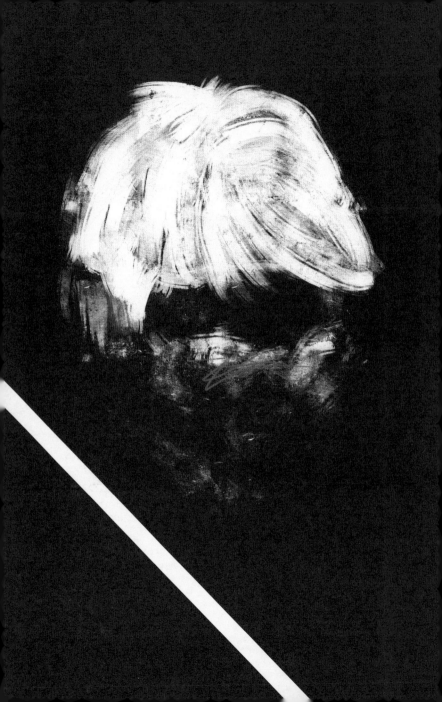

故事香港系列

全日供應

作者	麥欣恩　陳　慧　黃勁輝　戴善衡
	黃淑嫻　袁兆昌　吳美筠　俞若玫　（發表序）
封面	Slava Nèsterov
出版	文化工房
	香港九龍青山道 505 號通源工業大廈 6 樓 C1 室
	電郵　clickpress@speedfax.net
	電話　5409 0460　傳真　3019 6230
香港發行	香港聯合書刊物流有限公司
	香港新界大埔汀麗路 36 號中華商務印刷大廈三字樓
	電話　2150 2100　傳真　2407 3062
台灣發行	遠景出版事業有限公司
	220 台北縣板橋市松柏街 65 號 5 樓
	電話　02 2254 2899
印刷	約書亞創藝有限公司
出版日期	2017 年 3 月　初版
國號書號	978-988-77845-5-5

上架建議　香港文學：短篇小說集